김병종 여행 산문집

글이
그림이 되는 순간이
있다

거기서 나는
죽어도 좋았다

너와숲

왜 지극한 아름다움 앞에서는 눈물이 나는 걸까.

왜 그 아름다움의 한가운데 고여 있는 마알간 슬픔이 보이는 걸까.

왜 모든 아름다움은 곧 지고 말 것 같은 떨림을 주는 걸까.

왜 도대체 왜 그러는 것일까.

풍경 채집, 기억의 창고

아름다운 것에 허기져 한세월 세상의 풍경을 헤집고 다녔다. 여기 다시 꺼내 보고 싶은 그 풍경 스케치의 일부를 내놓는다. 몇 쪽은 이미 발표된 글과 겹쳐지기도 하고 더러는 세월이 흘러 시간의 퍼즐이 잘 맞지 않는 곳도 있다. 풍경 자체가 바뀌었거나 혹은 그 풍경을 대했던 마음 자리 또한 달라지기도 했을 것이다. 그럼에도 불구하고 처음 설렘 속에 내가 만나거나 지나왔던 곳들은 첫사랑처럼 기억 창고에 차곡히 보관되어 있다.

가끔씩 햇빛에 바래거나 희미해진 그 기억들을 다시 꺼내 보게 된다. 그리고 그 지점에서 나의 여행을 새로 시작해본다. 그 기억들을 누군가와 나누고 싶다. 풍경이 풍경에 연이어 있듯 사람에게는 사람이 필요하다.

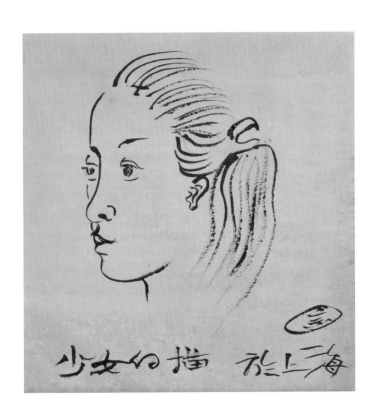

少女的描 於上海

차례

강江의 전설

거기서 나는 죽어도 좋았다

거기서 나는 죽어도 좋았다

작은 여객선을 타고 파트모스 섬(성경에는 '밧모'라고 번역되는, 세례 요한이 〈요한 계시록〉을 썼다고 전해지는 섬)을 찾아가던 에게해 여행을 잊을 수 없다. 옥색과 청회색과 은색, 그 위에 보석 가루를 뿌린 듯한 바다. 뱃머리로 나와 황홀한 그 바닷속을 바라보자니 불현듯 '여기서라면 죽어도 좋겠다'는 생각이 스친다.

내 남루한 육신마저도 저 신비한 바닷물에 씻기고 헹구어져서 함께 흘러갈 수 있다면, 그렇게 흐르고 흘러 마침내 빛의 문 앞에 닿을 수 있다면 하는 생각.

왜 지상의 죽음은 늘 음침함과 상傷함과 애곡 속에 있어야 하는 걸까. 사는 일이 아름다워야 하는 것이라면 죽음 또한 그러해야 할

것 아닌가. 아니, 사는 일이야 눈물겹다고 하더라도 죽음만은 아름
다워야 하지 않겠는가. 저토록 황홀한 물빛의 아름다움 속에 마지
막 육신이 뉘어질 수는 없는 것일까.

물이 있는 곳에는 생명이 있다. 그런데 모태의 양수 속에서 나온 생명체는 왜 물이 아닌 습기 찬 땅속에 묻혀야 하는 걸까. 저 시리도록 푸른 물속으로 내려지는 죽음은 왜 없는 것일까.

에게해의 물빛을 떠올리다 보면 늘 죽음이 함께 떠오른다.

화사한 죽음이.

'거기서라면 죽어도 좋았다.'

밤중에 온 하얀 꽃

이어령 선생은 세상을 떠나기 몇 시간 전 우리 집에 소담하고 하얀 양란을 보내왔다. 만나기로 한 날을 하루 비켜 먼저 떠나게 된 데 대해 양해를 구하는 의미가 담겨 있었다. 다시는 돌아오지 못할 여행의 메별사袂別辭로. 어두운 밤중에 온 희디흰 꽃은 혼백 같았다. 그날 밤, 어둠을 뚫고 온 하얀 양란은 '생은 계속된다'는 메시지 같은 것을 담고 있었다.

생의 종장에 다다랐을 때 몸은 더할 수 없이 쇠약해져서 뼈만 앙상했지만, 눈빛은 선사禪師처럼 형형했다. 그 눈 속에서 죽음에 대한 두려움의 빛이나 불안 같은 것이 보이지 않는 데 적이 놀랐다. 오히려 죽음에 대해 올 테면 오라는 듯한 자신감 같은 것이 비쳤다. "나는

가도 그 생명의 '밈meme'은 사방에 퍼져 있을 것입니다. 문자를 가
진 자의 행복이지요." 마지막이 가까울 때에는 그런 말도 했다.

선생은 길고 오랜 투병 생활 동안 서재를 고수했다. 응접실 겸 서재를 병실처럼 쓰면서 거기서 다양한 사람들을 만났다. 세상을 떠날 때는 어땠을까. 역시 서재였다. 호위병들처럼 자신을 둘러싼 책들, 특히 백 권을 훌쩍 넘은 평생의 저작들과 둘러선 가족들 속에서 눈을 감았다. 그이는 평소 내게 말하곤 했다. 수많은 사람들이 죽어간 병실 침대에서 죽기 싫다고. 그리고 그 바람은 이루어졌다.

나는 어디에서 지상의 삶을 마감하게 될까. 내게 죽음의 미학을 가르쳐주고 떠난 이어령 선생처럼 나도 창밖에 푸르고 청정한 소나무가 있는 나의 집에서 죽음을 맞고 싶다. 그이처럼 가족들이 둘러선 속에서 일상의 한 자락처럼 그렇게 죽음의 페이지로 넘어가고 싶다. 내가 퍼트린 색의 분자들이 '밈'이 되어 민들레 꽃씨처럼 퍼져 나가는 가운데 고요히 떠나고 싶다. 아련히 찬송가의 코러스를 들을 수 있다면 더 좋겠지.

왜 지극한 아름다움 앞에서는 눈물이 나는 걸까.

왜 그 아름다움의 한가운데 고여 있는 마알간 슬픔이 보이는 걸까.
왜 모든 아름다움은 곧 지고 말 것 같은 떨림을 주는 걸까.

왜, 도대체 왜 그러는 것일까.

여행, 세 개의 감탄사

풍경을 마주하고 보면 세 가지 감탄사로 그 아름다움이 나누어진다. '아', 이 경우는 아름답기는 하되 어디까지나 현실적인 풍경이다. '오', 경외감을 갖게 할 만큼 우아하거나 거대한 모습. 중세풍 고색창연한 성당이나 이슬람 사원 같은 경우가 많다. 태곳적 기암 괴석도 여기에 속한다. '악' 하는 외마디는 더 어떤 언어로도 설명

불가능한 경우다. 압도적이고 초현실적인 아름다움을 느끼게 하는 풍경이다. 노르웨이의 한 산악 지역을 감아 돌아왔을 때 돌연 눈앞에 펼쳐지던 거대한 호수와 그 호수에 둥둥 떠다니던 얼음들, 사하라의 와르르 쏟아져 내릴 듯한 별들, 백설애애白雪皚皚한 안데스, 눈부신 에게해며 카리브해, 번쩍 아침 해가 떠오를 때의 히말라야 마차푸차레 봉우리 같은 경우다.

이런 광경을 대하고 있노라면 천국이란 이 초현실적이고 압도적인 아름다움의 연속이 아닐까 하는 생각을 갖게 된다. 창조주가 슬쩍 슬쩍 이런 초현실적 아름다움을 세상에 남겨둠으로써 천국을 상상해보도록 한 것이 아닐까. 네 고단한 생애를 건너오면 이런 풍경의 나라가 펼쳐져 있단다, 하는 약속처럼.

이런 아름다움 앞에서는 다만 존재의 황홀한 떨림뿐. 일상의 자잘한 상념이나 걱정 근심 같은 것이 끼어들 여지가 없다. 이른바 망아忘我의 경지다. '아' '오' '악'의 풍경을 찾아서, 그 황홀한 떨림을 찾아서 나는 오늘도 가방을 꾸린다.

여행, 세 개의 단계

메아리 소리가 들려오는 계곡 속의 흐르는 물 찾아 그곳으로 여행을 떠나요~

쿵작쿵작. 밴드 소리와 함께 거리에 울려 퍼지는 노래는 가슴을 설레게 한다. 올 여름이 아니면 떠날 수 없기라도 한 듯 TV 화면 속엔 여행자들로 빼곡하게 메워진 공항 풍경이 스친다. 가히 '엑소더스 Exodux'라고 할 만하다. 그래서 〈여행을 떠나요〉라는 노래는 여행자의 군가 같다는 생각이 든다.

군이 이 노랫말을 들먹이지 않더라도 우리 모두에겐 여행 본능이 잠재되어 있다. 요절한 수필가 전혜린은 이를 '먼 곳에의 그리움'

이라고 했고, 프랑스의 소설가 장 그르니에는 '이곳 아닌 저곳에의 열망'이라고 하지 않았던가.

실은 이 여름, 나도 꿈꾸어오던 아프리카 케냐 여행을 계획하고 있었다. 한동안 그곳에 관한 자료들을 수집하다가 우연히 책 한 권을 집어 들게 되었다. 한 젊은 여행 작가가 쓴《하쿠나마타타, 우리 같이 춤출래?》라는 책이었다.

내가 가려던 케냐 쪽은 아니지만 이 책의 표지에 실린 '마음의 길을 잃었다면 아프리카로'라는 문장이 눈길을 끌었다. 내 '마음의 길'을 묻는 도발적인 문장. 인상적인 것은 '여행에도 단계가 있다'는 에필로그였다. 그 단계들이란 이렇다.

1단계, 새로운 곳에 가서도 거울을 보듯 나만 보는 것
2단계, 나를 떠나 '그곳'을 있는 그대로 보는 것
3단계, 그곳에 있는 것들과 '관계'를 맺는 것
4단계, 내 것을 나누어 그곳을 더 아름답게 하는 것

1단계의 여행자는 불만이 많단다. 음식은 입에 맞지 않고, 잠자리도 불편하다. 습관과 취향이 무시되는 것에 불쾌하다. 투자한 비용과 남겨진 추억을 저울질한다. 2단계의 여행자는 비로소 눈물을 흘린다. 한국에 '없는' 건축물에 전율하고, 한국에 '없는' 그림 앞에서 목울대가 뜨거워진다. 자신이 우물 안 개구리였다고 느낀다. 3단계의 여행자는 먼저 말을 건다. 그곳에 사는 사람들에게, 그리고 다른 모습을 하고 있지만 결국은 크게 다르지 않은 '삶의 균등한 요

소'들에 감동받는다. 고단한 발걸음은 이제 기도가 된다. 4단계의 여행자는 행동한다. 지구와 자신이 연결되어 있다고 느낀다. 자신의 성장을 위해 수혈을 아끼지 않는 지구를 위해 적으나마 자신의 피를 보태고 싶어진다. 이제 그는 지구와 연결되어 있으므로 떠나도 떠나지 않은 것이고, 떠나지 않아도 떠난 것이다.

'나는 몇 단계에 와 있는 것일까' 하는 질문을 스스로에게 던지지 않을 수 없다. 짚어보니 잘해야 1단계와 2단계 사이쯤에 머물러 있는 것 같다. 그토록 세상을 헤집고 다녔건만 3단계의 문턱에도 이르지 못했음을 깨닫게 된 것. 다시 또 가고 가야 될 이유이기도 하다.

폐허도 아름답다

#1

1990년 세 명의 테너가 로마의 옛 유적지 카라칼라를 배경으로 공연을 했다. 밤이어서 온천으로 유명한 그곳 돌담을 조명이 은은하게 비추었다. 이 유적지에서의 '스리 테너' 공연이 훗날 그토록 유명한 역사적 공연이 되리라고는 세 사람도 미처 몰랐을 것이다. 〈별은 빛나건만〉, 〈공주는 잠 못 이루고〉 같은 레퍼토리가 밤하늘에 울려 퍼질 때 청중은 열광했다. 가히 생애의 추억이 될 만한 순간들이었을 것이다. 비단 그곳에 모인 청중만이 아니라 TV로 공연을 본 지구촌 클래식 애호가들 역시 비슷한 감동을 받았다.

　그곳이 저명한 정규 극장이 아니라 옛 유적지였다는 데서 감동의
진폭은 더욱 커졌다. 무너진 담벼락을 비추는 조명이 그토록 아름
다울 수 없었다. 밤의 창공으로 울려 퍼지는 그 노래들은 바람과 어

둠에 섞이며 별빛까지 닿을 듯했다. 폐허는 무궁하게 흘러간 세월의 퇴적이다. 거기에 순간 발화하고 사라지는 사람의 목소리가 부딪친다. 그야말로 기묘한 앙상블이다. 이날 공연의 대대적 성공에 힘입어 세 사람은 다시 지구촌 이곳저곳에서 합동 공연을 가졌지만, 내게는 이 로마에서의 공연이 가장 감동적으로 남아 있다. 노래도 노래지만 폐허 같은 유적지를 비추는 불빛 속에서의 공연이라는 그 강렬한 인상 때문일 것이다.

#2

영화 〈대부 2〉에는 어느 날 마피아 두목들이 속속 아바나로 들어오는 모습이 나온다. 음모와 배신과 살의를 감춘 채 그들은 악수를 나누고 술잔을 부딪친다. 그러고는 함께 저 아바나의 유명한 쇼 '트로피카나'를 보러 간다. 트로피카나는 세계 5대 쇼로 꼽히지만 내가 보기에 그것은 단순히 쇼라고 할 수 없는 종합예술공연이다. 웅대하면서도 섬세하고, 현란하면서도 격조를 잃지 않는다. 무엇보다 동원된 배우나 가수의 기량이며 규모가 엄청나다. 오페라와 뮤지컬과 설치미술에 서커스까지 망라된 공연이다.

그런데 이 트로피카나는 대개 숲이 있는 야외 공연장에서 열린다. 군데군데 무너져 내리는 듯한 풍경이 보이기도 하지만, 첨단 시설을 갖춘 어떤 실내 공연장도 따라오지 못할 독특한 매력이 있다. 피날레에 남녀 배우들이 객석으로 내려와 청중의 손을 잡거나 허리를 껴안고 함께 어우러지면서 공연은 절정을 이룬다. 가난과 화려함, 자연과 인공의 절묘한 배합이다.

#3

튀니지는 흔히 '북아프리카의 진주'로 불린다. 튀니지가 아름다운 것은 그 신비한 바다색 때문이기도 한데, '튀니지안 블루'라고 부르며 수많은 화가가 그곳을 찾아갔다. 파울 클레 같은 이가 대표적이다. 그는 자주 높다란 골목 끝에 있는 카페 데 나트에 와서 바다를 내려다보며 작품을 구상하곤 했다.

그런데 이 튀지니에는 바다색 말고도 아름다운 것들이 유난히 많다. 특히 옛 유적지들이 눈길을 끈다. 그중에서도 옛 로마 시대 경기장인 엘 젬이 대표적이다. 튀니지에 그토록 거대하고 그토록 아름다운 경기장이 있으리라고는 상상하지 못했기에 이곳에 들어서면서 벌린 입을 다물 수 없었다. 이곳 역시 매표소 쪽에 크고 작은 공연 포스터들이 붙어 있는 것으로 보아 공연장으로 많이 쓰이고 있는 듯했다. 긴 회랑과 계단을 오르내리며 보니, 군데군데 허물어진 곳들이 있었지만 석양의 그림자를 거느린 풍경은 그대로도 아름다웠다. 한때 검투사들의 피 튀기는 생사의 현장이었던 곳에서 이제는 밤하늘을 배경으로 오페라가 열린다. 아름다움과 죽음은 이곳에서 서로를 비켜간다.

그렇다. 폐허도 아름답다. 아름답고말고다. 시간의 앙금이 쌓이고 역사의 바람이 지나간 그 현장들은 쓸쓸하면 쓸쓸한 대로 독특한 아름다움이 배어 있다.

얼마 전 인천공항 문화예술 자문회의에 갔더니 공항 진입로의 일정 구간을 옛 성곽처럼 만들자는 의견이 나왔다. 세계 최고의 첨단 공항 진입로를 옛 고구려의 무너진 성곽이나 돌담처럼 꾸미자는 것이었다. 참으로 좋은 의견이라고 생각했다. 하지만 성사되지는 못했다.

이 나라에서는 폐허를 보기가 어렵다. 넘쳐나는 부富를 주체하기 어렵다는 듯 지자체마다 으리으리한 새 건물들을 짓는다. 자고 나면 창공을 가리며 올라서는 건물들을 보면서 우수의 눈길을 걷을 수 없다. 때로 역사의 뒤안길로 안내하는 듯한 무너진 돌담길을 걷고 싶다는 생각이 드는 건 나뿐일까.

운자 크레보의 사과나무

'운자 크레보'라는 말은 원래 노르웨이 농가의 곡물 창고를 일컫는 이름. 어느 해 우리 일가는 노르웨이의 시골집에서 여름의 한동안을 보낸 적이 있다. 노르웨이어의 낯선 발음 탓에 로이뤄며 프라항가드라는 지명은 생각나지 않고 그곳은 운자 크레보라는 이름으로 우리 기억 속에 남아 있다. 사방에 옥수수밭과 과수원, 채소밭들이 보이는 들판 가운데 외따로 있는 이 집은 그러나 오랜 세월을 거기 그렇게 있었다.

마당엔 식탁이 놓여 있고, 그 식탁 옆에는 늙은 사과나무가 한 그루 있었다. 손님을 위해 마련된 작은 게스트룸에 들어가니 사진들이 눈에 들어왔다. 마당의 늙은 사과나무 아래에서 찍은 사진들을 수직으로 걸어놓았는데, 자세히 보니 사과나무는 그대로인데 그 아래 인물들은 조금씩 달라지고 변해갔다. 첫 번째 사진 속 부모인 듯싶은 중앙의 인물들이 두 번째 사진에서는 보이지 않았고, 첫 번째 사진 속 청년은 반백의 남자가 되어 그 중앙을 차지하고 있었다. 이런 식으로 두 번째 사진 속 아이는 세 번째 사진에서는 중년이 되었다가 네 번째 사진에서는 백발의 노인이 되어 있었다. 우리를 반갑게 맞아준 할머니 할아버지는 세 번째 사진 속에 갓 결혼한 듯싶은 신혼부부의 모습으로 나와 있었다. 사과나무는 그대로인데 사람은 그렇게 바뀌는 것이다.

주변에 식료품 가게 같은 것도 찾을 수 없을 뿐더러 누가 장을 봐올 형편도 아니어서 노부부는 자신들의 텃밭에서 딴 채소며 과일, 그리고 직접 반죽해서 구운 빵으로 식탁을 차리곤 했다. 해 질 무렵이면 할머니가 굽는 빵 냄새가 고소하게 퍼져 나오곤 했다.

노부부는 농가 창고를 개조해 여행자를 위한 별도의 숙소로 쓰고 있었는데, 우리에게는 자신들이 살고 있는 본채의 이 층을 내주었

다. 할머니가 손수 만든 듯싶은 수놓은 커튼이며 정갈한 침대보며 작
은 테이블이 예쁜 방이었다. 원래 숙소만 빌리기로 하고 그곳에 묵었
는데, 식사 때가 되면 마음씨 좋은 노부부는 자주 우리를 자신들의 식

탁에 초대하곤 했다. 할머니는 마치 나 어릴 적 시골 외할머니처럼 자꾸만 우리 애들에게 먹을 것을 가져다주시곤 해서 헤어질 무렵 아이들은 한사코 그 할머니와 떨어지려 들지 않았다. 가끔은 과일나무 사이로 들어갔다 나오면서 "융(용)""응(훈)" 하고 우리 아이들 이름을 부르며 치마폭에서 잘 익은 과일들을 꺼내주시곤 했다.

여행에서 돌아오고 나서 한동안 아이들은 운자 크레보의 할머니 집 얘기를 했다. 그럴 때마다 나는 늙은 사과나무와 그 아래서 찍은 다섯 장의 사진들이 떠올랐다. 지금쯤 아마 그 두 노인은 저세상으로 떠났을지도 모른다. 내가 다시 오고 싶다고 작별 인사를 했을 때 힘없이 웃으며 고개를 끄덕이던 모습을 생각해보면 운자 크레보의 주인은 이제 아들 내외로 바뀌어 있을 것 같다. 저녁이면 향기롭게 풍겨 오던 빵 굽는 냄새와 함께 사과나무 아래 차려지던 소박한 밥상이 그리워진다. 그러고 보면 우리를 잡아끌고 못내 아쉬워하게 만드는 것은 번쩍거리고 화려한 것이 아니라 사랑으로 스친 인연이나 그 인연과 함께 마주한 소박한 식탁 같은 것이리라.

천국 체크인, 스완호텔

스완호텔, 내가 아직 미혼의 남녀에게 신혼여행지로 추천하는 곳 중 하나다. 스완호텔은 영국 서북부 글라스미어에 있는 오래된 호텔이다. 글라스미어는 영국의 대문호 윌리엄 워즈워스가 살았던 코티지 박물관이 있는 곳이기도 하다. '사랑의 작은 집'이라는 이름처럼 코티지 주위에는 맑은 물이 흐르는 개천과 그 물 위로 오리들이 떠가는 모습이 보인다.

스완, 즉 백조 호텔은 그 아름다운 글라스미어에서도 백미로 꼽힌다. 17세기에 지어졌다는 이 전원 속의 단아한 호텔에는 모두 합해 스물두 개의 객실이 있는데, 멀리서 보면 부호의 별장쯤으로 생각될 만큼 현대 도시의 호텔 이미지와는 사뭇 다르다. 스물두 개의 객실은 각각 다른 크기와 다른 모습이다. 한결같이 동화 속 공주나 왕자가 잘 만한 곳처럼 꾸며져 있다. 발을 들여놓는 순간, 호텔 손님이라기보다는 초대를 받아온 손님 같은 기분이 드는 곳이다.

수초가 하늘거리는 호텔 앞 시냇가에는 오리가 둥둥 떠다니고, 연어가 떼 지어 다니는 것도 보인다. 호텔 식당에서는 그 맑은 물속의 연어를 건져 올려 요리를 해주기도 한다. 주변의 드문드문 오래된 집들은 한결같이 옛 모습 그대로의 분위기를 간직하고 있어 빠르게 지나가는 광속의 시간과 번쩍이는 문명이 그곳만은 침투해 들어오지 못하는 느낌이다.

아름다움에 목마르거든, 그리고 풍경 속에 잠겨 치유 받으려거든 조금은 멀어도 영국하고도 글라스미어로 가볼 일이다. 그리고 그 천국의 입구 같은 곳에 서 있는 스완호텔에 체크인하라.

그 여름의 켄스턴 공원

"숲은 도시의 허파입니다. 그래서 도시에는 건물 세우는 것 못지않게 나무를 심고 숲을 조성하는 것이 중요합니다. 허파 없는 인체가 살 수 없듯 숲이 없는 도시는 숨 쉴 수 없습니다. 그래서 일찍부터 선진국에서 도시의 공원 조성에 그토록 힘을 기울였던 것입니다."

산림과학자 정헌관 박사는 숲 전도사이기도 하다. 그의 '숲 이야기 학교'에서는 인간의 삶에 있어서 나무와 숲이 얼마나 중요한가를 역설한다. 특히 대도시일수록 반드시 단위 면적당 일정한 비율의 숲이 필요하고, 그것을 확보하지 못하면 도시의 사막화가 가속화되는데, 도시가 사막화되면 삶의 질 역시 추락한다는 것이다. 뒤집어 말하면, 숲이 확보된 도시일수록 살기에 쾌적하다는 것인데,

몇 해 전 여름 영국 브라이턴에 가서 그 사실을 새삼 깨달았다. 일종의 현장체험을 한 것이다.

브라이턴은 원래 런던에서 가까운 바닷가 휴양 도시로 알려져 있다. 바다 낚시를 즐기러 그곳을 찾는 사람들이 많고, 사진가들은 해안의 절경을 카메라에 담기 위해 오기도 한다. 그러나 내가 보기에 그곳의 숨겨진 보물은 바다와 관련된 것들만이 아니었다.

우선 옛 책과 새 책을 함께 파는 골목 서점들이 참으로 이채로웠다. 어떤 집에서는 주로 화집 종류만 취급하는가 하면, 다른 곳에서는 불교 관련 서적만을, 심지어 동성애 관련 서적만을 집중 취급하는 곳도 있었다. 분야별로 특화되어 있어서 오랜 단골들이 많은 듯했다. 우리나라의 도시에서는 거의 사라지고 없는 골목 안 서점들을 보니 그 정취가 색달랐다. 주인과 반갑게 인사를 나누는 오랜 단골인 듯한 노년의 방문객들은 사람 사는 훈훈한 정까지 느끼게 해주었다.

브라이턴에 머무르는 동안 조석으로 찾은 또 다른 장소는 켄스턴

공원이었다. 공원 입구의 키 작은 장미 농장은 새벽과 석양에 보는
느낌이 사뭇 달랐다. 아침 일찍 산책을 나가면 고요한 장미 농장의
벤치에 앉아 책을 읽는 사람들이 보였다. 커다란 개를 데리고 산책
을 나온 노인도 있었다. 서울에서 광속으로 가는 시계가 그곳에서
는 돌연 속도를 멈춰버린 듯 한가하고 평화롭기 그지없었다.

　그 공원에는 엄청난 거수巨樹들이 많았다. 서늘하게 그늘을 드리
운 그 오래된 나무 밑을 거닐다 보면 새삼 인생의 유한함을 깨닫게
된다. 그 안에 지혜를 품은 것 같은 늙은 나무 아래서 쉬면서 '솨아'
지나가는 바람 소리를 듣는 것이 좋았다. 공원 한쪽의 후미진 곳으
로 들어가면 옛 왕성 같은 저택이 나오고 잘 가꾸어진 정원이 눈앞
에 펼쳐졌다. 그 신비로운 모습에 발을 옮겨놓으려니 작은 팻말 하
나가 보인다. 아무개가 살던 저택과 정원으로 시에 기증한 것이라
고 적혀 있었다. 기증받은 후 자연스럽게 공원에 편입된 것으로 보
인다. 그러고 보니 이곳 정원에 놓여 있는 벤치들도 거의 모두 시市
의 가정들로부터 기증받은 것들이었다. 작은 팻말에는 각자 다른

시적인 표현으로 감사의 말이 적혀 있었다. 사람들이 얼마나 그 공원을 아끼고 사랑하는지 피부에 와닿았다.

함께 가꾸고 이어가는 일의 소중함. 진실로 우리 시대에 필요한 덕목 중 하나가 아닐까. 이제 아름다움의 가치를 함께 느끼고 그것을 위해 애쓰는 일은 그 어떤 거대 담론의 구호나 외침 못지않게 소중하고 간절한 일이 되었다. 더 이상 다른 나라에 가서 그 아름다움에 감탄하지 않고 우리 것만으로도 충분히 아름다움의 포만을 느끼고 싶다.

지친 삶을 누이다, 호텔 코르소281

숙소 하나 가지고 웬 호들갑이냐고? 그럴 수도 있겠다. 하지만 오래 걸어본 자는 안다. 그리고 다시 걸어야만 하는 먼 길을 앞둔 이도 안다. 지친 다리뿐 아니라 영혼까지 눕힐 장소가 필요하다는 것을. 로마, 하고도 비토리오 에마누엘레 2세 통일기념관의 희고 웅장한 건물이 사선으로 보이는 코르소 거리 281번지의 그 집. 나는 그 집에서 위대한 이탈리아 고전의 옷자락을 만진 느낌이었다.

그전까지는 뭐랄까. 오늘의 이탈리아가 선조들의 광휘에 너무 짙게 주눅 들어 있는 듯하다는 생각이었다. 심지어 이탈리아 고전의 진정한 전승자는 프랑스라는 내 나름의 편견도 가지고 있었다. 그러나 이 작은 호텔에서 며칠 묵는 동안 우아하고 장엄한, 그러면서도 섬세한 고전과 조응하는 새로운 차원의 미를 만나게 되었다. 물론 창을 열면 건너편 건물이 미술관이고, 밤새 은은한 간접조명들이 맞은편 벽면을 쏘아주며 우아한 형태들을 보여준 까닭도 있었을 것이다. 어쨌거나 나는 뜻밖에 이 작은 호텔이 이탈리아 고전 디자인의 우아한 아름다움과 연결되어 있다는 느낌을 받고 놀랐다.

눈으로만 보는 디자인은, 특히 오늘날 대세가 된 미니멀 디자인은 싸늘하다. 그리고 불편하다. 무엇보다 인간을 소외시켜버린다. 나는 코르소281에 묵는 동안 디자인 쪽에서 일하는 몇몇 지인을 떠올렸다. 그 옛날의 바우하우스만 예찬할 것이 아니라 이 집에서 묵으며 완전히 격이 다른 따뜻한 디자인을 몸으로 체험해보라고 권유하고 싶어졌다. 무엇보다 호텔을 업으로 하는 사람들을 줄줄이 불러내 견습시키고 싶다는 생각까지 들 정도였다. 그뿐인가. 한국의 공공 디자인을 입안하고 설계하고 시공하는 사람들 또한 하루이틀씩이라도 이곳에 짐을 풀어보라고 권유하고 싶을 정도였다. 눈에 보이고 손으로 만져지는 이탈리아적 정체성의 그 아름다움을 함께

체험하고 돌아가 우리도 한국적 미의식을 저마다의 공간에 살려내
준다면 싶었다.

그렇다. 코르소281에서 내가 엿본 것은 위대한 천년 제국 로마
의 견고한 아름다움이 어떻게 오늘날 삶의 공간까지 면면히 흘러왔
는가 하는 점이었다. 어디선가 보고 들은 광고 문구 같지만, 그들이
해냈다면 우리도 할 수 있다. 옛 왕조들이 세운 그 고졸古拙하고 섬
세하면서도 단아하고 격조 있던 한국의 미를 오늘에 되살리고 계승
하는 일 말이다. 신라의 장엄과 백제의 우아함이 은은하게 살아 있
는 집들을 우리라고 왜 짓지 못하겠는가.

내일부터 나는 본격적으로 이탈리아 기행을 시작하게 될 것이다.
하늘의 뭇 별 같은 천재들의 작품 앞에 서게 될 것이다. 그런데 예
술가의 자취도, 그들이 남기고 간 예술품들도 결국 건축이라는 그
릇 속에 담겨 있게 마련이다. 삶과 예술이 담기는 건축. 그래서 중
요하고 또 중요하다.

한때 건축가가 되고 싶었던 나는 여행지에서마다 습관처럼 건축

일기 비슷한 것을 쓴다. 아니, 일지라고 하는 편이 낫겠다. 나도 모르게 쓰고 버리기를 계속하지만, 우아하고 아름다운 집 한 채를 만나면 기품 있는 사람을 만나는 듯한 기쁨이 있다. 고전의 바다로 떠나기 전 우연히 찾아든 로마 뒷골목 코르소281이 내겐 그런 곳이었다.

로마에서의 숙소 선택

로마에는 연중무휴 비수기 없이 몰려드는 관광객 수에 비해 호텔이 많지 않다. 박물관이나 성당이 많은 역사 지구 안에서 숙소를 잡기는 여간 어려운 일이 아니다. 관광객이 특히 많이 가는 콜로세움이나 카피톨리나 박물관 가까이에선 숙소 잡기가 쉽지 않다. 테르미니 역 주변이나 보르게세 공원 쪽에서 작은 호텔이나 모텔들을 만날 수 있는데, 도심에서 비켜나 있는 것이 흠이다. 가끔 역사 지구나 유적지 가까운 골목에 숨어 있는 프랑스식 프티 호텔 스타일의 작은 호텔을 볼 수 있는데, 디자인 호텔 코르소 281도 그 중 하나다.

세상에서 가장 높은 호텔

아주 옛날부터 네팔 여행을 꿈꿨다. 하지만 이상스럽게도 '연'이 닿질 않았다. 내 경우, 대부분의 여행이란 연이 닿아야 하는 것이었기 때문이다. 그러다가 2008년 겨울, 네팔 대사를 지낸 류시야 씨 내외의 초청을 받아 화가 몇 분과 그곳에 갈 기회가 생겼다. 시골 역사 같은 공항에 내리니 병풍처럼 둘러싼 히말라야가 먼저 눈에 들어왔다. 사시사철 눈 덮인 설산 히말라야. 그곳에는 눈을 먹고 사는 설인들이 있을 것만 같았다.

카트만두 공항에 내렸을 때 인상적이었던 것은 세계 각처에서 배낭을 메고 온 관광객들이었다. 그들의 얼굴에는 한결같이 흩어져 살다 고향에 돌아온 사람들의 안도와 행복감 같은 것이 번져 있었다. 고국에 돌아온 디아스포라Diaspora같이 국기 대신 하얀 설산을 먼저 올려다보았다. 그런 사람들 사이로 삼삼오오 자색 망토 같은 긴 옷으로 온몸을 가린 채 느리게 걷는 승려들의 모습이 있었다. 세계 여러 나라에서 떠나와 속속 공항에 도착한 등산객들은 긴 비행의 피곤도 잊은 듯, 결의와 다짐으로 가득 찬 빛나는 눈으로 멀리 히말라야를 바라보았다. 꿈꾸던 히말라야에 오른다는 기대감 때문이었으리라.

카트만두에서 포카라로 이동하느라 사십 년도 더 되었다는 낡고 위태로워 보이는 작은 헬리콥터에 몸을 실었다. 발동기 소리를 내며 떠오르는 헬리콥터 안에서 솜으로 귀를 틀어막고 히말라야 봉우리 곁을 지날 때, 안개와 구름이 살짝 걷혀 산맥의 장엄한 위용을 볼 수 있었다. 어쩌면 지상에서 가장 높은 호텔이 아닐까 싶은, 해발 수천 미터 높이에 자리 잡은 '히말라야 클럽'에 여장을 풀었을 때는 숫제 히말라야 설산에 포위되어버린 느낌이었다.

방에서 창을 열자 눈 덮인 히말라야가 이마에 닿을 듯 가까이 있

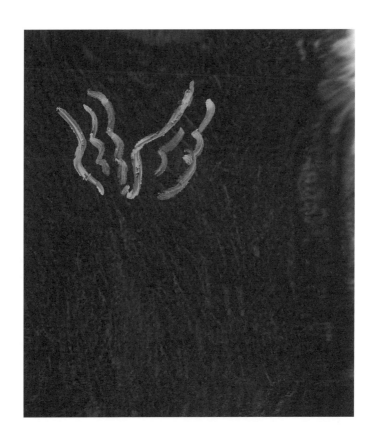

057

었다. 새벽녘 호텔을 나와 전망대인 '사랑곶'에 섰는데 동편 한쪽이 번쩍하는가 싶더니 이내 천공을 붉게 물들이며 붉은 해가 솟아올랐다. 하얀 눈에 햇빛이 반사되며 공격적으로 빛나 눈을 뜨기조차 어려웠다. 누군가 가져다준 뜨거운 커피 한 잔을 들이켜고 나자 비로소 현실감이 들 정도였다. 범속凡俗을 멀찍이 벗어난 장려한 풍광과 경치는 시종 나를 압도했다. 주 하나님 지으신 모든 세계⋯⋯. 나는 나직이 찬송가를 읊조렸다.

동화 속의 마을들, 코츠월드

코츠월드는 유럽 사람들이 가장 가보고 싶어 한다는 영국의 작은 전원 마을들이 있는 곳. 특히 바이버리의 아름다운 자연과 집들은 한숨이 절로 나올 정도다. 이곳의 작은 도시와 마을들의 공통점은 크게 두 가지다.

첫 번째, 건축물들이 자연 앞에서 겸손하다는 점. 한결같이 나무와 숲과 물길들을 소중히 하고 그 조화를 살려 집들이 지어져 있다. 산자락 끝에 슬쩍 비켜서 아늑하게 위치해 있거나 물가에 작고 단아하게 자리하고 있어서 건축물 때문에 경관이 손상되지 않도록 배려한 흔적이 곳곳에 보인다. 무엇보다 눈을 씻고 보아도 빨강 노랑파랑의 원색 간판들을 찾아볼 수 없다. 상점마다 중간색 톤으로, 그

것도 보일 듯 말 듯 자그마해서 저절로 안으로 들어가보고 싶어진다. 그야말로 간판 자체가 예술이다.

건축물의 외벽색 또한 자연과 잘 어울려 그 일부분인 듯 보일 정도. 건물 때문에 자연이 손상되는 것이 아니라 오히려 주변이 돋보일 만큼 형태와 색채들이 온화하다. 그중에는 오래된 건물들도 많은데, 세월의 더께가 얹혀 아름다움에 신비감까지 더해준다.

그 마을과 도시들을 견학하면서 곰곰 생각해봤다. 미추의 구별은 학습에 의해 이뤄지는 것인가 아니면 선행적으로 체득되는 것인가.

두 번째 특징은 사람들이 절대로 길을 막고 있지 않다는 점이었다. 시골의 소도시는 물론 아무리 붐비는 박물관이나 지하철 같은 곳이라 해도 반드시 통로 쪽을 비워두고 있었다. 그래서 사람이 가득 찬 지하철을 타도 어딘지 헐거운 느낌이 들 정도였다. 공간의 배려.

이렇게 꿈꾸는 듯한 동화 속 마을을 거닐면서 풍경이 사람을 어루만진다는 느낌이 들었다. 고요하고 평화로운 전원 속을 걷는 동안, 삶의 갖가지 풍경으로 샤워를 하는 듯했다. 진실로 그러했다.

카멜 비치, 한 뼘의 호사

숲속의 작은 집으로 오세요.

당신을 위해 커피를 끓일게요.

숲속의 작은 집으로 오세요.

둘이서 바라보는 들꽃은

얼마나 아름다울까요.

그런 노랫말이 있다.

노랫말 같은 숲속의 작은 집. 그곳에서 한가하게 차를 끓이고 글을
쓰면서 꿈결처럼 몇 날을 보낸 적이 있다. 인생에서 잠시 쉬어갈 만
한 이런 여백의 페이지는 과연 얼마나 될까. 세상에 작다고 다 아름

다운 것은 아니겠지만 카멜 비치, 그 바닷가의 작은 집들은 어쩌면 그리도 아름답던지.

샌프란시스코에서 그 끝없는 캘리포니아의 야채밭 사이를 차로 달려 두 시간쯤 가면 검은 숲 사이 군데군데 하얀 모래톱이 드러나고, 거기에 카멜 비치는 있다. 해안선을 따라 낙타의 등처럼 올록볼록 땅이 이어진대서 붙여진 이름이란다.

잃어버린 내 유년의 고향처럼 부드러운 모래밭과 흘러가는 물과 푸른 나무의 길이 나타난다. 스패니시 베이라고 불리는, 작은 구름 아래 해안을 따라가면서 사슴들이 한가하게 풀을 뜯는 전경들. 그리고 햇살이 부딪치는 하얀 돌을 쪼아대는 물새들과 갈매기들. 요정이 사는 나라처럼 작고 예쁜 집들과 경적 소리 하나 나지 않는 한가함. 파란 하늘에 떠가는 흰 구름. 멀리 모래밭에서 뛰어가는 개와 천천히 걷는 노부부. 그리고 키가 큰 자작나무 숲과 그 숲속으로 난 하얀 길. 카멜의 풍경들이다. 양쪽으로 로스앤젤레스와 샌프란시스코라는 대도시를 끼고 있으면서도 이처럼 한가하고 적막하다.

십칠 마일 정도 이어지며 꿈결처럼 펼쳐지는 이 소읍에서 나는 1991년 그 여름의 마지막 날들을 스케치하고 짧은 글을 쓰며 보냈다. 그리고 실내악이 흐르는 호사한 레스토랑에 앉아 불을 달고 멀어지는 밤배를 바라보며 연어 요리로 식사를 했다. 이곳 시장을 역임했다는 영화배우 클린트 이스트우드의 사진이 걸려 있는 카페에서 반 잔의 블랙커피를 즐기기도 했다.

  아름드리나무 그늘 아래 누워 하얀 뭉게구름과 푸른 바다만 몇 시간이고 바라보기도 했다. 푸른 나무 사이로 장난감 같은 기차가 종을 울리며 가는 것도 보였다. 그런 날 밤에는 창가에 초를 세 개씩이나 켜놓고 시를 읽곤 했다. 새벽안개 속에 깨어나는 노랗고 빨간 들꽃들을 바라보며 산책할 때, 나뭇잎 사이로 햇살이 부실 때 누군들 살아 있음에 감사하지 않으랴. 그런데 일 년에 열흘쯤 이어지는 이러한 내 호사한 여행도 실은 죄의식으로 느껴질 때가 있다. 마호가니 책상에서 글을 쓰는 것도, 바이올린의 그 가늘고 격한 현음을 들으며 식사를 하는 것도, 흔들리는 촛불 속에서 고혹적인 핏빛

와인을 입술에 대는 것도 말이다. 세상에는 아직도 뼈가 부서져라 일해도 하루 세 끼가 자유롭지 않은 사람들이 너무도 많다는 생각이 지나가면 그렇다.

지나치게 아름다운 모든 것이 죄가 된다면 카멜도, 카멜에서의 시간들도 분명 죄가 될 것이다. 하지만 우선은 석양이 비켜 가는 카멜의 그 숲속 나무 벤치에 앉아 진한 석양의 시간 속에 함께 녹아들어 볼 일이다.

치
유
하
는

사
하
라

아름다운 기억의 그늘에서는

나의 여행은 기억의 스크린을 갈아 끼우는 일이기도 하다. 아프고 우중충한 기억들을 밝고 환한 기억들로 바꾸는 것이다. 나쁜 기억들일수록 에어리언처럼 달라붙어 잘 떨어지지 않는다. 그래도 지치는 법 없이 나는 아름다운 풍경과 인연들로 스크린 갈아 끼우기를 시도한다. 좋은 기억 중에 강한 것이 사랑하는 사람과 나눈 식탁의 기억이다.

'등대의 불빛'이라는 이름의 숲속 호스피스동의 요리사 루프레히드 슈미트는 모든 요리사가 꿈꾸는 일급 호텔 주방장 자리를 나와 이 호스피스동에 취직했는데, 생의 마지막 촛불이 깜빡거리는 임종 환자를 위해 요리를 선보인다. 한 사람 한 사람의 주문을 받아 그야말로 정성을 다해 마지막 만찬을 준비하는데, 대부분의 환자가 식사는 입에 대지도 못한 채 그가 가져온 음식을 바라보다가 스르르 눈을 감는다. 하지만 그 순간, 얼굴에 희미하게 번지는 기쁨과 행복의 빛을 보는 보람으로 요리사는 이들의 마지막 식사를 주문받아 최선을 다해 만들어 병실로 가져간다.

그는 "누구에게나 가슴이 먹먹해지는 음식의 추억이 있는 법"이라며, 결국 못 먹을 줄 알면서도 임종 환자가 입술을 달싹여 그 음식을 주문하는 것은 그 음식을 통해 떠오르는 사랑하는 이들과의 추억을 다시 맛보고 싶기 때문이라고 했다. 그러면서 이렇게 결론을 지었다. "아름다운 기억의 그늘에서는 죽음의 고통도 멎는다"고.

그렇다. 아름다운 기억을 많이 만들자
아름다운 우정
아름다운 여행
아름다운 식탁

아름다운 예술……
그리하여 우리 생애의 시간표가 멎는 날
그 아름다움의 그늘 아래에서 육신의 잠을 누이자

그런 면에서 본다면 "의료진으로서는 최선을 다했으니 이제는 댁으로 모시고 가서 맛있는 음식이나 실컷 드시게 하라"고 했던 과거형 병원의 모습이 훨씬 인간적이라고 느껴진다.

웰빙 열풍과 함께 웰 다잉 선풍이 부는가 싶었지만, 여전히 병원 외에 달리 뾰족한 수가 없어 보인다. 병실의 차가운 불빛 아래서가 아니라 마을 혹은 친지 공동체의 애도를 받으며 평소 기거하던 자신의 공간에서까지는 아니더라도 눈으로나마 일일이 작별을 고하고 떠났던 옛날식 죽음이 새삼 떠오른다. 도시에서도 이런 따뜻한 임종을 할 대안은 없는 것일까. 큰 병원 영안실에 다녀올 때마다 해보는 생각이다.

치유하는 사하라

사막에서는 꽃도 나무도 그 색이 더 진해 보이고, 그 형태 또한 더 강렬해 보인다. 혹은 더 사나워 보인다. 모진 환경을 견뎌내느라 그럴 것이다. 가끔씩 천지를 뒤집어놓을 듯 우우 하며 돌개바람이 불어온다. 시뻘겋게 달아오른 붉은색은 더 붉어 보이고, 푸른색은 더 푸르러 보인다. 광야를 쓸고 가는 바람에 둥글둥글 말려 굴러다니다가 간혹 하늘로 빨려 올라가기도 하는 건초들이며 뿌연 먼지들 속에서는 충격도 함께 떠오르고 함께 가라앉는다.

모로코 쪽에서 사하라로 들어가는 길은 일단 이런 붉은 광야 길을 하염없이 달려가야 한다. 붉은 황토 사이로 외롭게 뚫린 길이 끝나는 지점에서 비로소 대기하고 있는 낙타로 바꾸어 탈 수 있다. 그

기나긴 길에는 간혹 붉은 흙담의 야트막한 집들이 보이고 텅 빈 벌판에 전선들만 엉켜 있는 낡은 주유소가 나타나는데, 흡사 영화〈바그다드 카페〉의 황량한 모습 그대로다.

그 지나치는 황량한 풍경 속에는 가난하고 외롭게 죽어간 이들의 공동묘지도 있다. 평생을 남의 장례식에 불려 다니며 대신 곡을 해주는 일을 하다가 죽어간 이른바 '대곡자의 묘'다. 대신 울어주는 일을 업으로 하며 살다가 죽어간 여인들의 공동묘지다. 밤이면 가끔씩 여우며 이리가 몰려다니며 묘를 파헤친다 하여 기분 나쁜 곳이라고 일컬어져 지나가는 차들조차 빨리 가려고 한다고 했다.

하지만 정작 이렇게 하여 찾아가는 사막은 완전한 적막과 진공처럼 느껴진다. 정중동의 소리 없는 움직임 속에 오직 뜨거운 열기로 가득 차 있는 것이다. 밤이면 그 열기는 기분 좋을 정도의 서늘함으로 바뀐다. 게다가 천공에는 와르르 쏟아질 듯한 별자리의 장관이 펼쳐진다. 이 황홀한 사막의 밤에 매료된 생텍쥐페리는 밤 비행의 체험을 살려《어린 왕자》를 썼을 것이다.

072

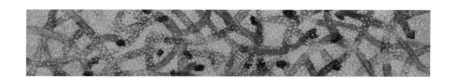

물론 사막의 모래바람을 만나면 상황은 달라진다. 고요와 적막은 순식간에 광풍에 휘말리고, 모든 생명체는 그 안위를 걱정하지 않을 수 없게 된다. 그래서 누구라도 이 예측불허의 모래바람을 피할 수 있기를 바라며 사막으로 들어갈 수밖에 없다.

그런데 모로코에서 내게 길 안내를 해주었던 한국 여인은 한 번씩 이 뜨겁고 거친 사막의 모래바람을 찾아 길을 나선다고 했다. 일년에 며칠씩 그 모래바람과 열사의 사막에서 지내다가 온다는 것이다. 먹을 것도 마실 것도 충분하지 않고, 낮과 밤의 일교차가 너무 큰 데다, 언제 예측불허의 그 뜨거운 모래바람이 불어올지 모르는 사하라로 들어가 며칠씩 지내다가 온다고 했다. 사람들이 산 좋고 물 좋은 곳으로 피서를 떠날 때 그녀는 사막으로 향했다. 그리고 사막 여행에서 남들은 모르는 치유와 회복, 그리고 삶에 대한 열망을 안고 돌아온다고 했다.

그녀는 내게 이젠 사하라에 중독되어버린 것 같다며 웃었다. 때로는 부드러운 것보다 사나운 것이 우리를 치유한다. 달콤한 것보다 쓰디쓴 것들이, 풍요보다 결여가, 기쁨보다 슬픔이 우리를 다시 일어서게 한다. 사하라가 바로 그 경우다.

달구나, 나일강변의 잠

이집트 문명은 나일강이 없었다면 불가능했을 것이다. 나일강은 이집트 사람들에게 역사이자 삶이며 생명 자체다. 어느 해 여름, 나일강변의 오래된 호텔에 묵었다. 그런데 아침 일찍 산책을 나와보면 진풍경이 펼쳐지곤 했다. 나일강변을 따라 사람들이 자리를 깔고 잠을 자거나 일어나는 모습들이었다.

후덥지근한 집에서 간단한 홑이불이며 자리를 들고 나와 강가에서 잠을 잔 것이다. 밤이면 기분 좋게 기온이 내려가고 서늘한 강바람이 불어온다. 게다가 하늘에서는 별이 떠오른다. 가끔은 두런두런 옆자리의 사람과 대화를 나누기도 할 것이다. 그야말로 밤의 강 마을이 되는 것이다. 생각해보면 이 나일강변의 잠자리야말로 별 다섯 개

짜리 호텔에 비할 바가 아니었다. 어엿이 집이 있는데 강가에서 잠
을 자는 것은 그 시원한 강바람 속에서 잠들고 싶어서일 것이다.

이집트를 떠올리면 나일강이 생각나고,
그 강변의 가족들이 함께 떠오른다.
한 움큼의 무소유와 평화의 느낌으로
다가오는 풍경이다.

낙일落日의 룩소르, 느린 시간 예찬

사는 게 권태롭게 느껴지는 사람은 카이로에서 출발하는 룩소르행 완행열차를 타보라. 시간표대로라면 한나절쯤 달려 룩소르에 닿게 되지만, 그런 일은 거의 드물고 예정 시간을 한참 넘겨서야 겨우 도착하게 된다.

덜컹거리는 열차에 몸을 싣고 얼마 안 되면 곧 그 땅에서 느리다고 조바심 내는 마음이 부질없는 것임을 깨닫게 된다. 가을 햇살처럼 느린 열차에 온종일 몸을 싣고 있는 동안, 진정 챙기고 서둘러야 할 가치는 속도와 경쟁이 아니라는 것을 알게 되는 것이다.

인구 삼만 명 남짓의 룩소르는 자궁처럼 불가사의하고 신비하다. 기원전 2000여 년경 이미 불멸의 고대 문화를 이룩한 이 도시는 지난날의 영욕을 형해形骸만 남은 대신전으로 보여줄 뿐이다. 카르낙 신전에서 나일강을 따라 거슬러 올라가면 서 있는 신전의 열주列柱들. 그 규모의 거대함과 솜씨의 정교함이라니. 하트셉수트 장의葬儀 신전들과 고왕국의 역대 제왕들을 매장한 무덤인 왕가의 골짜기는 낙일 속에 누워 이집트의 영화를 그대로 드러내 보여준다.

룩소르의 풍경은 떠오르는 햇살 속에서 볼 때와 지는 석양 속에서 볼 때의 느낌이 사뭇 다르다. 석양의 낙조 속에 잠겨드는 룩소르를 보고 있노라면 흡사 그 붉은 사막 도시 자체가 부장품이 되어 땅속으로 들어가고 있는 듯하다. 그 찬란한 문명의 흔적들이 모래바람과 함께 신기루처럼 사라지거나 땅으로 꺼져 들어가는 듯한 느낌을 갖게 되는 것이다. 그래서 석양의 룩소르를 대하고 있노라면 문명의 광휘보다 그것의 덧없음이 더 사무쳐온다. "아, 사라져간다. 멀어져가는구나, 지상의 그 모든 번쩍거리는 것들이"라고 되뇌게 되는 것이다.

몰타에서 광기와 천재의 메두사를 만나다

살인자이자 천재 화가는 그곳에서 부활하고 있었다. 햇빛 쏟아지는 양광陽光의 섬 몰타에서.

대성당과 박물관과 레스토랑과 카페가 군집해 있어서 성聖과 속俗이 도무지 나누어지지 않는 섬 몰타. 옥색과 청색 바다에 하얀 꽃잎들처럼 떠 있는 요트와 보트들. 그리고 바다와 닿아 있는 화이트와 브라운 옐로의 담벼락들.

제주도의 반도 안 된다는 몰타에는 고대와 중세, 그리고 근대와 현대가 함께 살아 숨 쉬고 있다. 고조 섬에는 거석의 사원과 동굴, 그리고 옛 화석이 있는가 하면 로마의 그것보다도 더 오래되었다는 지하의 카타콤이 벌집처럼 뚫려 있는 데다 근대 문화 유산인 명화들과 조각들이 성당마다 즐비하고, 세계의 미식가들이 즐겨 찾는다는 레스토랑 또한 많다.

그 작은 세 개의 섬은 문화적, 종교적, 역사적 볼륨만은 웬만한 거대국 몇 개를 합쳐도 다 견줄 수 없을 정도다. 풍경의 다양성 또한 마찬가지. 선인장과 올리브와 날카로운 잎을 지닌 이름 모를 원시의 붉은 꽃들이 지천으로 피어 있는가 하면 노지 장미와 라일락 군락도 볼 수 있다. 야자수가 있는가 하면 소나무, 밤나무도 보인다. 뭐니 뭐니 해도 그 섬에서 역사상 가장 강렬하고 치열한 인물이었던 두 남자의 자취를 만난 것만큼 내게 인상적인 것은 없었다. 한 사람은 기독교사에서 천둥과 벼락처럼 그 존재감을 드러냈던 바울이고, 다른 한 사람은 미술사에 우주의 서광처럼 강한 빛을 뿌리고 사라져간 미켈란젤로 메리시 다 카라바조다.

카라바조의 걸작 〈목 잘린 세례 요한〉. 작품 크기만 무려 502×361 센티미터에 달한단다. 요한을 살해하는 모습이 담긴, 피가 뚝뚝 떨어지는 그림. 환락과 죄와 증오와 사랑, 그리고 분노와 탐욕이 뒤엉

킨 드라마가 담긴 작품이 그곳에 있었다. 그림 아래쪽 중심에 희미하게 'f.michel'이라는 서명이 보인다. 살해의 장면이 너무 끔찍하여 성화聖畵의 흔적이라고는 보이지 않는다.

'f.michel'은 카라바조의 이름으로, 그가 살인을 저지른 이후 유일하게 작품에 남긴 서명이라고 전해진다(심지어 전 작품 중 유일한 서명이라는 설도 있다). 카라바조 연구에 정통한 한 미술사가는 그가 굳이 요한의 잘린 목에서 나온 피와 같은 색으로 서명한 것은 로마에서 그 스스로 저질렀던 살인에 대한 죄의식을 그의 피로 대속받고 싶어 하는 심리의 반증이라며, 이는 다분히 카인 콤플렉스에 해당한다고 설명했다. 스승 예수를 세 번이나 부인한 베드로가 순교당하기 직전 자신의 피로 '나는 한 하나님을 믿는다'고 고백한 것과 비슷한 심리라는 것.

카라바조는 거장 미켈란젤로와 견줄 만한 당대의 천재였다. 로마에서 부와 종교적 권력, 그리고 예술적 안목을 함께 지닌 델몬테 추기경의 대저택에 머물며 그의 비호 아래 작품 활동을 했던 카라바

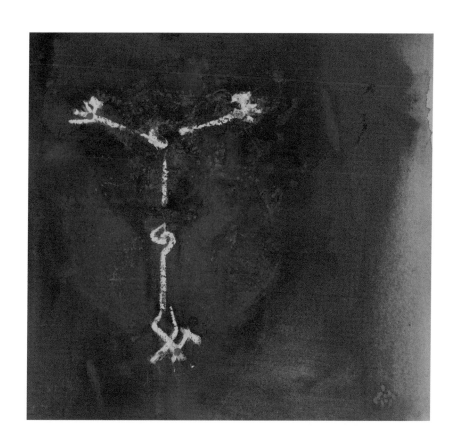

083

조는 르네상스 매너리즘에 빠진 당대 화가들에게 조소를 퍼부으며 놀랍도록 강렬한 소재와 기법을 들고 나와 격렬한 찬반양론의 한가운데 서게 된다. 하지만 그 빛나는 재능에는 어두운 뒷면이 있었다. 발작처럼 음주와 광기에서 비롯된 폭행과 사고를 몇 번씩 저지르다가 급기야 살인까지 하게 되고 야반도주해서 먼 섬으로 몸을 숨긴다. 그 섬에서 대영주인 알로프 데 비냐코트를 예술적 후원자로 만나 은둔 상태에서 작품 활동을 계속할 수 있었다. 그는 이 섬에서 웃통을 벗은 남자 성 제롬이 붉은 옷을 두른 채 해골을 옆에 두고 있는, 전혀 성스럽지 않은 모습을 그린 〈성 제롬〉과 〈잠자는 큐피드〉 등 걸작을 연달아 쏟아냈다. 살인자의 신분을 세탁한 채 혜성같이 나타난 걸출한 화가에게 영주는 기사 작위까지 수여했다. 〈잠자는 큐피드〉는 어쩌면 이 시절의 평온과 평화, 그리고 안락함을 나타낸 작품이 아닌가 싶다. 하지만 그것도 잠시, 그는 동료 기사와 우발적으로 싸움을 벌이고 지하 감옥에 갇히는 신세가 되고 마는데, 놀랍게도 야밤에 다시 한 번 감옥의 높은 담을 넘어가 헤엄쳐서 시칠리아

085

섬까지 도주한다. 1608년 10월 6일 일어난 사건이라고 역사는 기록하고 있다. 실로 〈쇼생크 탈출〉 저리 가라 할 정도다.

　탈옥 사건 이후 〈성 요한〉을 비롯해 그의 모든 작품은 교회에서 철거당해 창고에 처박히게 된다. 그런데 더욱 놀라운 사실은 시칠리아로 도주한 그가 이번에는 은둔자의 삶을 살아간 게 아니라 당당하게 정체를 드러내며 작품 활동을 하기 시작했고, 다시 그곳 귀족들과 미술 애호가들에게 환호를 받았다는 사실이다. 그만큼이나 그의 재능은 그의 죄성罪性을 덮을 만했다. 이런 분위기에 힘입어 〈목 잘린 세례 요한〉의 후속작으로 〈세례 요한의 목을 가지고 있는 살로메〉를 그려 몰타 영주 비냐코트에게 보냈다는 이야기가 전해진다.

　그런데 당시 시칠리아는 가뭄과 흉년이 계속되어 사람들이 굶어 죽는 일이 속출했는데, 그는 바로 이러한 현실을 응시했다. 천사와 하늘의 광휘 대신에 땅의 고통을 예의 그 빛과 어둠을 교차시키는 방법으로 그려냈던 것이다. 잠을 잘 때마다 신발을 신은 채 한 손에 단검을 들고 잘 수밖에 없는 살인자이자 도망자인 그에게 그 땅의 고통과 슬픔은 아마도 자신의 그것으로 육화肉化되었으리라.

성 요한 성당은 카라바조의 대작을 보기 위한 사람들로 장사진이다. 금빛 광휘로 치장한 교회당이지만, 사람들은 오직 그의 〈목 잘린 세례 요한〉 앞에 늘어서 있다. 소설보다도 더 소설적이고 드라마보다도 더 드라마틱한 삶을 살았던 화가. 살인과 도주를 겪으면서 비로소 죄와 용서와 구원을 몸으로 체험했던 화가. 고난의 땅의 이야기를 통해 천상의 메시지를 더듬어 찾으려 했던 그. 살인을 통해 생명을, 피를 통해 대속을, 통곡을 통해 은혜를 온몸으로 받아내며 오열했던 그 화가. 그 카라바조를 양광 쏟아지는 휴양지 몰타에서 만나게 될 줄이야. 지복至福이란 이럴 때 쓰는 말이리라. 어둑신한 성당에서 밖으로 나오니 어질, 햇빛이 부시다. 생애 동안 쌓이고 이어진 나의 어두운 죄들 또한 이처럼 한순간에 씻어져 눈부시게 될 수 있다면.

로마, 한나절의 드로잉

콜로세움.

공룡의 뼈 같은 거대한 집.

아직도 아련한 함성이 들려오는 것만 같은데

제국의 시간들은 일제히 문을 닫고

역사는 저물어

돌 위의 희미한 지문으로만 남아 있다.

저만치 만년설 같은

시간의 산을 바라보는데

내가 선 이곳은 쨍한 한낮.

나이 들어간다는 것은 이별이 많아진다는 이야기도 되는 것 같다. 문상과 병문안 가는 일이 부쩍 잦아지고 있다. 지난주 한 지인의 문병을 다녀왔다. 질풍처럼 달려온 세월이어서 하얀 시트 위에 누워 있는 모습이 생소했다. 그가 담담히 웃으며 말했다. "의사가 점쟁이처럼 말하더군요. 세 달쯤 남았다고요. 근데 가끔씩 그 세 달이 지루하다고 느껴질 때가 있어요." 오죽 힘들었으면, 싶었다. 이런 말도 했다. "차마 손 놓을 순 없을 것 같은 인연들도 이제는 훌훌 떠나보낼 수 있을 것 같아요. 고통도 지그시 응시하다 보면 거기서 쾌감 같은 것이 생기더라니까요." 찬란하리만큼 앙상해진 육신에 줄레줄레 주삿바늘 줄을 달고서도 눈동자만은 초롱했다. 창밖을 보며 그가 중얼거렸다. "밖엔 단풍이 한창이겠군요. 곧 하얀 눈이 내릴 거고." 마치 생사의 강을 건너가서 강 이쪽을 바라보듯 담담했다.
　　소독약 냄새 자욱한 병원 문을 나서는데 우수수, 노란 은행잎이 사선으로 날렸다. 대저 나고 죽는 것은 무엇인가. 결국 저렇게 소멸해갈 것이었다면 한여름의 무성함 같은 인생의 푸르른 풍경들은 무엇이었더란 말인가.

코로나가 덮치기 직전에 나는 로마에 있었다. 신전의 긴 회랑을 걸을 때 스친 생각 하나. 권력자들 역시 자신이 조만간 덧없이 지고말 생명이라는 것을 알았기에 자기를 데리러 오는 그 무자비한 '시간'에 맞서서 가급적 오래 남겨질 만한 것들에 집착했으리라는 것. 그래서 건축가, 조각가, 화가의 손을 빌려 한사코 자신의 육체보다 더 견고하고 오래갈 그 무엇을 자신의 이름으로 만들고 싶어 했으리라는 것. 심지어 하늘에 그 이름이 기록되어지기를 소망하던 교황들마저 땅 위에 먼저 그 이름을 새기고 싶어 했으리라는 것.

로마로 오는 비행기 안에서 영화 〈로마의 휴일〉을 다시 봤다. 인생 절정기의 그레고리 펙이 막 피어오르는 꽃봉오리 같은 오드리 헵번과 로마의 유적지를 순례하듯 다니는 일종의 로드무비였다. '세기의 요정', '불멸의 아름다움' 같은 찬사가 주렁주렁 따라다니던 헵번

이지만 만년의 그녀는 마른 넝쿨처럼 쇠약해진 육신으로 삶의 무게
를 겨우 지탱해내듯 보이다가 예순넷 나이에 지고 말았다. 해 아래
새것이 없고 지상의 아름다움 가운데 불멸은 없다.

어쨌거나 나로선 세 번째 오는 로마가 이번 생의 마지막일 거라는 생각 때문에 발길이 분주해진다. 아침이면 호텔을 나오자마자 미리 적어놓은 리스트를 따라 동선을 긋고 다니는데, 그렇게 유적지를 돌다 보면 어느새 석양이 된다. 그런데 밤의 로마는 낮의 북적거림과 달리 어두운 데다 아연 적막강산. 시장기가 들어도 밤이 늦으면 불 켜진 식당을 찾기가 쉽지 않다. 그렇게 희미한 불빛에 의지해 어두운 도시를 걷다 보면 몸이 거대한 박물관 안에 들어와 있는 것만 같다. 문제는 그토록 번번이 부지런을 떠는데도 불구하고 결국엔 내가 혐오하는 주마간산走馬看山 여행밖엔 되지 않는다는 사실이다. 그마저 놓치는 것이 태반. 그래서였을까. 일본 여자 시오노 나나미는 이 도시를 몇 번 드나들다가 아예 눌러앉아서 진검 승부하듯 글을 쓰기 시작했다. 그렇게 이십여 년 세월에 걸쳐 쓴 것이 대작《로마인 이야기》다.

로마 소재의 영화가 영상으로 로마의 외피外皮를 훑고 지나가며 그 안에 가공의 인물들을 삽입하여 진행되는 데 반해《로마인 이야기》는 로마의 역사 속으로 들어가 미시와 거시의 렌즈를 차례로 들이대며 흙이 된 인물들을 생생하게 소환해내는 영화 같은 글이다. 그녀는 광부가 갱도를 파고 들어가듯 로마의 시간 속으로 들어가 초혼하듯 흙이 된 사람들을 소환해서 갑옷을 입히고 투구를 씌웠다. 아닌 게 아니라 그렇게 하지 않고서는 제대로 알 수 없을 것처럼 이 도시는 불가사의하다.

오늘은 콜로세움을 건너다보며 물가의 카페 앉아 두세 장의 드로잉을 남겼다. 내일은 '로마의 자존심'이라는 캄피돌리오 광장으로 나가보려 한다. 한때 '세계의 머리'로 불렸다는 그 광장에는 박물관과 미술관이 있고, 미켈란젤로가 디자인했다는 돌계단 코르도나타가 있다. 하루를 닫으며 멀리 하얀 비토리오 에마누엘레 2세 기념관을 바라본다. 그리고 물어본다.

로마, 너는 누구냐.

명품, 두오모, 빛의 기둥으로 세운 집

로마를 떠나 밀라노로 왔다. 밀라노는 빛의 기둥으로 세운 도시 같다. 광장 한가운데 얼음처럼 서 있는 두오모 대성당 때문일 수도 있겠다. 떠나온 도시를 험담하기는 안됐지만, 그동안 머물렀던 로마는 사실 좀 음산했다. 밤에 걷다 보면 콜로세움에서 죽어간 넋의 알갱이가 차디찬 공기에 섞여 부딪혀 오는 듯한 느낌 같은 것이 있었다. 아마 지나치게 어두운 거리 때문이었을 것이다. 좀 더 심하게 말하면 도시 전체가 낮에는 박물관, 밤에는 무덤 같았다.

그에 반해 밀라노는 대책 없는 생기와 발랄한 아름다움 같은 것으로 다가왔다. 밤의 거리 또한 풍성한 빛으로 유감없이 부풀어 올랐다. 로마의 밤공기에서 음산한 냉기 같은 것이 느껴졌다면, 밀라노의 그것 속에는 반짝이는 허영 같은 것이 있었다. 일단 환한 빛은 내게 은총이었다. 그만큼 어둑신한 로마의 밤거리는 울퉁불퉁한 바닥에 불빛마저 인색해서 불편했다.

하지만 시간 산책자가 되어 걸어본 두 도시는 다른 듯 같게 엇갈리며 기묘하게 만나지는 지점이 있었다. 두 도시 모두 문명의 '메멘토 모리Memento mori', 즉 모든 시작에 대한 종말을 생각하게 한다는 점. 아무리 장중하고 화려하게 출발한 문명이라 하더라도 그 끝은 소멸과 죽음이다. 이를 견뎌내려 내세우는 것이 권력이고 아름다움이겠지만, 무자비한 시간 앞에서는 이 또한 속절없다. 권력을 향한 검劍은 순간의 섬광에 지나지 않고, 아름다움 또한 흰 눈처럼 소멸한다. 그 덧없음에 대한 도피처가 있긴 한 것일까. 있고말고다. 종교다. 그것은 인간의 시간을 버리고 신의 시간으로 갈아타려는 시도다. 하얀 얼음 덩어리로 떠 있는 것 같은 두오모 대성당 곁에 바짝 붙어선 명품 거리는 그래서 순간의 반짝임을 영원의 빛 속에 스미게 하려는 영리한 시도일 수도 있겠다. 성聖과 속俗의 기막힌 어울림이니까.

나는 가끔 누구도 알 리 없는 나만의 여행이 지닌 그 확장성에 홀로 겨워한다. 낯선 지도 위를 걸으면서 차창의 공기처럼 뺨을 때리고 지나가는, 평생과도 바꾸고 싶지 않은 순간의 느낌들. 고유한 원초적 생명체로 서 있는 것 같은 자아와 그것을 둘러싼 행복한 흥분. 세계관과 시야가 넓어지며 알을 깨고 나오는 것 같은 그 황홀과 공포. 그리고 그것을 기록하는 밤과 새벽의 시간들. 힘들게 돌아와 다시 가방을 꾸리는 이유이기도 하다.

낮 동안 눈으로 손으로 쓰다듬었다가 홀로 기록하는 시간의 그 고요한 황홀이라니. 그런데 방정맞게도 나는 대성당이 선 두오모 광장 쪽에서 환한 빛을 토해내는 명품거리 비토리오 에마누엘레 2세 기념관 쪽을 바라보며, 로마에서와 같은 음산하고 불길한 조각 구름이 떠 있는 것을 본다. 무엇일까. 한사코 아름다움 곁을 떠나지 않고 맴도는 그 그림자 같은 것은. 머릿속에 오래전 패션 이론가 넬리 여사의 초청 강연에서 들은 한 구절이 지나간다. "세상의 모든 아름다움은 밀라노에서부터 길을 나선다. 더 좁게 말한다면 밀라노 직물

시장에서." 그 위로 내가 추천사를 썼던 한스 로크마커의 글도 지나간다. "지나친 아름다움을 경계하라. 욕망 곁에는 늘 죽음이 있다."

얼마 전 명장 리들리 스콧이 오랜만에 새로 만들었대서 화제가 된 〈하우스 오브 구찌〉의 소개글과 짧은 영상 역시 함께 떠오른다. 이탈리아의 가죽 장인 구초가에서 출발해 패션 제국을 일으킨 구찌가에서 어느 날 들려온 한 발의 총성. 그것은 구찌의 후계자 마우리치오의 이혼한 아내 파트리치아가 사주하여 전남편을 향해 발사된 것이었다. 리들리 스콧의 〈글래디에이터〉로 아카데미상을 받은 바 있는 의상 디자이너 잔티 에이트는 이 영화에서도 색채와 죽음의 메타포를 보여주었다. 영화 〈글래디에이터〉의 우중충한 암갈색이 로마의 색이었다면 〈하우스 오브 구찌〉의 선혈 같은 붉은색은 밀라노의 상징색이라고 할 만하다. 각각 장엄과 황홀을 연출한 두 가지 색은 역시나 허무와 죽음의 교차로에서 만난다는 점에서 어김이 없다. 그런 점에서 구찌의 후계자 마우리치오의 맞춤 슈트와 코모도스 황제의 자줏빛 벨벳 망토는 절묘하게 들어맞는다.

두오모 광장에서 명품거리를 바라보자니 연이어 다른 다큐멘터리 영화가 하나 떠오른다. 또 다른 패션 왕조 지아니 베르사체에 관한 것. 이탈리아의 화려한 예술과 건축과 역사를 현대 패션으로 부활시킨 베르사체의 로고는 '메두사의 머리'다. 화가 카라바조는 같은 제목으로 수십 마리의 뱀이 한 남자의 머리를 감고 있는 강렬한 그림을 그렸는데, 베르사체는 그 신화 속 괴물을 패션의 로고로 썼다. 악마는 프라다를 입었을 뿐 아니라 베르사체와도 악수한 셈이다. 그는 황제가 되고 싶고 황후가 되고 싶은 사람들에게 화려함의 극한을 보여주는 황금빛 옷을 입히고 메두사의 로고를 왕관처럼 씌워주었다. 어렸을 때 집 근처 유적지에서 여동생과 놀다가 우연히 보았다는 그 형상의 탐미성에 평생 사로잡혔던 셈이다. 밀라노에서 처음 그 재능을 선보이며 이탈리아를 패션 종주국으로 확고하게 올려놓은 베르사체 역시 1997년 아침 마이애미의 집 앞에서 앤드루 커내넌이라는 청년에게 저격당해 죽는다. 역시 극한의 아름다움 곁에는 죽음의 그림자가 어른거리고 있었던 셈이다.

어쨌거나 밀라노는 누가 뭐래도 세계 패션의 탯자리다. 파리나 뉴욕 패션을 역으로 거슬러 올라가면 밀라노에서 만나게 되어 있다. 패션은 아름다움의 꽃이다. 이 작은 도시는 어떻게 그 꽃을 만발하게 피워내 세계로 내보낼 수 있었을까. 나는 그 답을 베르사체가 했던 것처럼 고전과 역사의 상상력 속에서 찾는다. 베르사체가 메두사의 머리에서 창조적 발상을 얻었듯, 밀라노 패션은 두오모 대성당과 레오나르도 다빈치와 유서 깊은 코르소 거리, 산타 마리아 델레 그라치에 교회와 거장들의 그림에서 영감을 끌어냈다. 예컨대 '역사는 저 멀리, 나는 여기 홀로'가 아니라, 과거와 현재를 하나의 줄로 엮으며 미래를 바라본 것이다. 나는 누구이고 어디에서 왔으며 어디로 가야 할지를 가늠했던 것이다.

이탈리아 디자이너들은 만난 적 없는 '그들'이 입었던 치렁치렁한 의상과 착용한 장신구들에서 문화와 예술과 권력과 돈을 봤다. 그런 면에서 유독 밀라노에서 과거는 멈춰버린 것이 아니라 미래로 가는 정거장이다. 이쯤 되면 알게 된다. 밀라노 대성당이 왜 한적한 곳이 아닌 명품거리에 있는 것인지. 아니다. 왜 번쩍이는 광휘의 패션 거리가 한사코 고요하고 장엄한 성소聖所 곁을 고집하는지. 사라진 옛 밀라노의 한 조각이 오늘 내가 서 있는 땅과 퍼즐처럼 맞춰지는 순간이다.

드디어 더블린 애비 극장에 왔다. 작가 박물관의 첫 느낌처럼 이 역사적 장소 역시 지나치게 소박하다. 아일랜드 문예 부흥의 거점이자 민족운동의 현장이기도 한 장소라는데, 그 의미는 가리워진 듯 자칫 지나쳤을 만큼 평범했다. 하지만 이곳은 사실 아일랜드 국민 연극의 메카이자 비밀 결사 같은 곳. 시민들은 이 극장에서 공연되는 윌리엄 예이츠나 오거스타 그레고리, 존 M. 싱 등 자국 극작가들의 연극을 보면서 '우리는 누구이며, 어디로 갈 것인가. 우리가 지켜야 할 민족적 자존과 가치는 무엇인가'를 되새기곤 했다. 말하자면 애비 극장은 우리로 치면 삼일만세 운동이 일어난 아우내 장터 같은 곳이라고나 해야 할지 모르겠다. 아일랜드가 영국으로부터의 완전

101

한 독립을 이루기 위해서는 무엇보다 정체성의 확인이 필요했을 것이다. 극장은 의도적으로 아일랜드 민족주의 계열 극작가들의 작품을 자주 무대에 올렸고, 그만큼 그 계열의 희곡 작품들 또한 활발하게 생산됐다.

같은 문학 작품이라 할지라도 희곡은 소설과 사뭇 다르다. 소설이 눈으로 읽는 것이라면, 희곡은 소리로 듣는 문학이다. 소설이 혼자 밀실의 공방에서 생산되는 수공업적 장인의 그 무엇과 같은 것이라면, 희곡은 그 과정은 같다 하더라도 펼쳐지고 공감을 얻는 데 장소적 제약을 받는다. 따라서 극장이 열악한 곳에서는 희곡 문학이 꽃필 수 없다. 뿐만 아니라 같은 문학이라 해도 희곡은 배우의 생생한 동작들과 함께 소리로 나왔을 때 전혀 다른 울림을 준다. 무엇보다 작가의 손을 떠나는 순간, 집단예술이 된다. 그 문자의 성격 또한 달라진다. 마치 어부가 바다에서 갓 잡아 올려 펄떡이는 생선들처럼 활자는 살아 생동감을 띤다. 따라서 글이 소리로 재탄생될 공간, 즉 무대가 절대적으로 필요하다. 아무리 뛰어난 희곡이 쓰여

지더라도 소리와 동작으로 완성되어 보여지고 들려줄 무대가 없다면 사산아死産兒같이 될 수밖에 없다.

1900년 초(정확히는 1904년)에 이 극장이 세워지지 않았던들, 세계 연극을 이끈 아일랜드 근대 연극이 융성했던 역사 또한 생겨나지 못했을지도 모른다. 그리고 어쩌면 희곡 분야에서 노벨상을 수상한 작가를 배출하지 못했을지도 모른다. 처음 이 극장에 작품이 올려진 뒤 세계로 팔려 나가면서 사무엘 베케트라는 작가에게 벼락같은 영광을 몰아다준 것은 그의 지루하고 난해한 작품〈고도를 기다리며〉였다(그 창작집의 초판본은 극장에서 멀지 않은 더블린 작가 박물관에 보존되어 있다).

대학 시절 연극〈고도를 기다리며〉의 포스터를 보았을 때, 나는 고도를 '고도孤島'로 잘못 이해했다. 아직 베케트도, 그의 작품도 알지 못하던 때여서 속으로 '외로운 섬을 기다린다고? 이렇게 멋진 표현이 있다니' 싶었다. 그러나 막이 오르고, "고도는 언제 오나?"식으로 두 남자가 주고받는 대사가 시작되면서 비로소 '고도'가

104

'외로운 섬'이 아닌 누군가의 이름임을 알게 됐다. 더군다나 고도라는 이름의 그 사내는 연극이 끝날 때까지 나타나지도 않았다.

런던에서 더블린으로 가는 비행기를 타면서 나는 〈고도를 기다리며〉가 초연되었다는 애비 극장을 생각하며 마음이 설레었다. 청년 시절 연극에 빠져 정신 못 차릴 때 많이 들었던 이름이고, 그때 사진으로 밋밋한 절벽 같은 무인武人 이미지의 베케트도 처음 보았기 때문이다. 더블린이 가까워지면서 그 옛날 그 〈고도를 기다리며〉의 그 폭력처럼 느껴지던 지루함과 실제 작가의 절벽 같은 느낌의 얼굴이 함께 겹쳐졌다.

세월이 오래 흘러 명동 예술극장에서 다시 만난 고도는 역시나 해체주의 철학자 자크 데리다의 책장만큼이나 넘기기 어렵고 지루했다. 그토록 대중성 없고 미궁 같기만 한 희곡이 더블린의 애비 극장에서는 큰 성공을 거두었다니 놀라운 일이 아닐 수 없다. 연극 인구의 저변이 그만큼 넓었다는 이야기인데, 그것은 실제 와본 현장에서도 확인할 수 있었다. 한낮인데도 매표소 앞에는 꽤 많은 사람이 몰려 있었던 것. 그러고 보니 거리에서 영화관은 좀체 보기 어려운데 자그마한 극장 간판들은 간간이 눈에 띄었다. 확실히 연극 도시라 할 만했다.

연극. 빠져들어가본 자는 안다. 헤어나오기가 얼마나 어려운지를. 나는 이십 대 후반에서 삼십 대 문턱을 오르기까지 수년간 거의 연극 동네에서 살다시피 했다. 고인이 된 녹번동의 영문학자 여석기 교수 댁에서 일주일에 한 번씩 극작 워크숍이 열렸는데, 나는 열심당원처럼 거르지 않고 그 모임에 참석했다. 거의 모두가 극작가 지망생이거나 PD였는데 미대생인 나는 어쩌자고 그토록 열심을 내었던 것일까. 말할 것도 없이 내가 쓴 작품들이 연출가와 배우들에 의해 무대에 올려졌을 때의 그 설렘과 흥분 때문이었다.

객석의 어둠 속에 앉아 불빛 떨어지는 무대를 바라볼 때의 그 흥분이란 무엇으로도 잘 설명되지 않는다. 용산과 신촌 소극장에서 시작해 드디어 내 작품이 국립극장 무대에까지 올려지자 얼핏 이 동네를 못 벗어나겠구나 하는 예감 같은 것이 들 정도였다. 바로 이 느낌 때문에 지금도 허다한 배우들이 주린 배를 움츠리며 무대에 서는 것이리라.

걷다 보면 더블린에서는 묵직하게 가라앉은 인문적 공기가 느껴진다. 대기는 청량한데 묘한 저력이 있다. 대도시다운 경박함과 떠들썩함이나 번쩍거림이 아닌 시리도록 푸른 하늘과 물길을 보며 그 묵직한 공기 속을 걷는다. 자고 나면 신기하고 새로운 것들이 쏟아져 나오는 세상인데도 오불관언吾不關焉. 어둑신한 실내에들 앉아 그 옛날의 그 예이츠와 베케트 연극을 보는 도시. 오래된 마호가니 빛 도시 더블린만의 매력이라니.

하늘의 도서관

아련하게 떠오르는 내 '행복' 지도가 하나 있다. 열서너 살 무렵의 기억, 사면이 책으로 둘러싸인 헌책방. 밖에는 흰 눈이 소담하게 내린다. 푹푹 끓는 무쇠 난로 위의 주전자. 그리고 그 곁에서 의자에 앉아 발을 까딱이며 책을 보는 서점집 여자 아이. 그 헌책방을 지나칠 때면 생각하곤 했다. 언젠가 나도 사면이 책으로 둘러싸인 곳에서 살고 말 거야. 천장에 닿도록 책을 쌓을 거야. 세상의 책이란 책은 다 모아서 그렇게 쌓아놓고 그 안에서 살 거야. 그토록 책 가난에 허덕이며 닥치는 대로 빌려다 읽곤 했지만, 그래도 허기는 채워지지 않았다. 아, 마음껏 읽을 책이 쌓여 있는 도시에서 살 수 있다면 얼마나 좋을까 생각하곤 했다.

그림을 그리면서 지난 반세기 동안에 허겁지겁 책을 끌어모았던 것도 생각해보면 그 채워지지 못한 갈증과 허기 때문이었을 것이다. 그런데 세월이 흘러 집의 사면이 책으로 채워졌을 때쯤 문득 잊고 있던 한 소년이 떠올랐다. 책 가난에 허덕이던 그 옛날의 소년. 내가 모은 책들을 모두 그에게 보내기로 했다. '남원시립김병종미술관'으로 보낼 삼천 권이 넘는 책을 챙겼다. 책을 잔뜩 싣고 멀어지는 트럭을 보며, 그것이 옛날의 그 아이에게 보내는 나의 선물이자 스스로에게 하는 보상이라는 생각이 들었다.

　　아일랜드 버킷리스트의 맨 마지막은 트리니티대학 도서관인 롱 룸이었다. 그곳은 내게 환상과 실재 사이에 있는 그 무엇이었다. TV 화면을 통해 롱 룸을 처음 본 게 이십 년은 넘는 것 같다. 엄청나게 큰 오크통을 뉘어놓은 것 같은 그 길고 웅장한 모습은 거의 초현실적이었다. 세월의 더께가 앉은 오래된 그 궁륭의 목조건물은 역설적이게도 마치 최신식 컴퓨터 그래픽으로 연출한 것처럼 현실감이 들지 않았다. 세상에 저런 곳이 있었던가 하며 놀랐던 기억이 생생하다.

내가 묵고 있는 호텔에서 지척인 더블린의 오코넬 거리는 우리나라로 치면 멀리 남대문이 보이는 세종로라 할 만하다. 파리라면 개선문을 향해 뻗어 있는 샹젤리제 같다고 할 만큼 아일랜드 역사와 문화의 심장부다. 그곳에는 아일랜드 민족주의의 상징인 대니얼 오코넬 동상이 있고, 길의 북쪽 끝에는 역시 독립운동의 리더인 찰스 파넬 동상이 금색 하프를 배경으로 서 있다. 그리고 '빛의 기둥'이라고 불리는 뾰족한 첨탑이 있는데, 오갈 때마다 동상들 사이로 보이는 거대한 바늘같이 뾰족한 오브제가 생뚱맞아 보인다는 느낌을 지울 수 없었다.

나는 리피강 가까이에 있는 트리니티대학 정문으로 들어섰다. 이 나라 최고最古의 대학은 그러나 백화점처럼 사람들로 붐비는 중심가 큰길 쪽으로 정문이 나 있다. 1592년 세워졌다는 이 대학은 그간 수많은 노벨상 수상자를 배출했고, 옥스퍼드나 케임브리지에 비견될 정도의 명문이라지만, 이 대학이 그토록 유명해진 것은 좀 다른 이유에서다. 인류의 문화유산 중 가장 아름다운 책의 하나로 꼽

힌다는 《켈즈 복음서》와 오래된 도서관 '롱 룸'을 보유하고 있기
때문.

　《켈즈 복음서》는 전도용으로 옛 수도사들이 혼신을 다해 기도하
듯 만든 것이라 하는데, 그림 그리는 내 입장에서는 그 아름다운 색
채들의 세밀화와 현대적 감각의 디자인에 절로 감동하게 된다. 《켈
즈 복음서》의 방을 돌아 2층으로 올라가면 눈앞에 펼쳐지는 광경
이 시야를 압도할 만큼 장엄하고 드라마틱하다. 그 옛날 TV에서
본 바로 그 광경이 눈앞에 펼쳐지는데, 새삼 아일랜드 문화의 저력

에 경외의 마음을 품게 된다. 중앙 통로는 전 세계에서 몰려온 듯싶은 사람들로 가득 차 있는데, 놀랍게도 그 인파의 흐름이 정중동으로 움직이며 별 불편함을 모르게 된다. 이 웅장한 목조건물의 서가에 꽂혀 있는 책들은 장정이 하나하나 장인匠人의 손을 거쳐 나온 듯 모두가 예술 작품처럼 보인다.

책의 바다에서 둥둥 떠다니면서 인류 문명과 종이 문화의 길고 오래된 관계를 새삼 떠올리게 된다. 오래전 어떤 아티스트는 장차 테크놀로지의 발달로 종이는 화장실에서나 필요하게 될 것이라고 일갈했지만, 그것은 종이와 인간이 동행해온 역사에 대한 모독이다.

롱 룸에서 머물다가 밖으로 나오니 마치 거대한 왕릉에서 나온 듯, 햇빛 쏟아지는 순간 가벼운 현기眩氣로 아찔하다. 벤치에 앉아 오가는 사람들을 보며 지나가는 한 줄의 생각. 인간의 삶이 계속되는 한 쓰는 행위 역시 계속될 것이다. 그것도 종이 위에 쓰는 행위가…….

트리니티대학의 《켈즈 복음서》와 구 도서관 롱 룸

현존하는 가장 아름다운 고서古書로 꼽히는 《켈즈 복음서》. 트리니티대학에 소장돼 있는 《켈즈 복음서》는 9세기 초 스코틀랜드 아이오나 지방의 수도승들이 복음 전달을 목적으로 만들었다는 필사본 성서다. 페이지마다 켈트족만의 독특한 아름다움과 예술미를 담아낸 정교하고 화려한 삽화가 그려져 있다. 특히 그 그림들이 식물성 자연 채색에서부터 미세한 원석 암채, 심지어 동물에게서 추출한 채색들로 이루어져 회화의 재료사 연구에도 귀중한 문헌이다. 세밀화 중에는 확대경을 써야 볼 수 있을 정도의 그림까지 있다.

《켈즈 복음서》 전시관 끝 2층으로 올라가면 드라마틱하고 엄청난 규모의 구 도서관 롱 룸이 나온다. 1812년부터 이십여 년에 걸쳐 지어졌다는 이 목조건물 도서관은 중앙 통로 안만 무려 육십오 미터에 이른다. 고서 진열장 앞으로 세네카를 비롯한 역대 석학들

의 대리석 흉상들이 있고, 일 층 중앙 홀에는 오늘날 기네스 맥주의 로고가 된 오래된

하프가 진열되어 있다. 롱 룸은 영화 〈스타워즈 2 : 클론의 공격〉에 나오는 제다이 아

카이브의 모티브로 사용되는가 하면, 2013년 CNN이 선정한 '세상에서 가장 아름다운

도서관'에 2위로 선정되기도 했다.

히말라야의 사랑곳

사시사철 눈 덮인 설산 히말라야. 그곳에는 눈을 먹고 사는 설인들이 있는 것만 같다. 시골 역사 같은 카트만두 공항에 내렸을 때 인상적이었던 것은 세계 각처에서 배낭을 메고 온 관광객들, 그리고 자색 망토 같은 긴 옷으로 온몸을 가린 채 느리게 걷는 승려들의 모습. 세계 여러 나라를 떠나 속속 공항에 도착한 등산객들은 저마다 긴 비행의 피곤을 잊은 듯 얼굴이 환하게 빛나 보였다. 이제부터 꿈꾸던 히말라야에 오른다는 기대감 때문이었으리라.

발동기 소리를 내며 떠오르는, 사십 년도 넘었다는 낡고 위태로워 보이는 작은 헬리콥터에 타서 솜으로 귀를 틀어막고 히말라야 봉우리 곁을 지날 때, 안개와 구름이 살짝 걷혀 산맥의 장엄한 위용을 볼 수 있었다. 얼핏 생生과 사死의 갈림길로 들어서는 듯한 느낌도 스쳤다. 생과 사의 차이가 백짓장처럼 위태로웠다. 그런 면에서 비행은 어쩌면 공포에의 탐닉일 수도 있겠다. 지상에서 가장 높은 호텔이 아닐까 싶은 해발 수천 미터 높이의 '히말라야 클럽'에 여장을 풀었을 때는 숫제 히말라야 설산에 포위되어버린 느낌이었다.

새벽녘 호텔을 나와 전망대인 '사랑곳'에 섰을 때 동편 한쪽이 번쩍! 하는가 싶더니 이내 천공을 붉게 물들이며 붉은 해가 솟아올랐다. 사랑곳은 히말라야 영봉 중에서도 백미인 마차푸차레와 안나푸르나를 볼 수 있는 네팔 포카라의 한 산골 마을 이름이다. 신기하게도 우리말의 '사랑'과 장소를 의미하는 '곳'과 그 음이 같지만 순수 네팔 지명이다. 사랑곳에서 떠오르는 해를 보기 위해서는 숙소에서 적어도 오전 4시 반쯤에는 출발해야 하는데, 길을 나서고 나서 보면 잠시 후 여기저기서 온 사람들로 좁은 오르막길이 빼곡해진다.

산의 동쪽에서 주황빛이 번져오는가 싶더니 순식간에 그 빛이 산의 정상을 환하게 물들이고 바야흐로 장엄한 일출이 시작된다. 바로 이 순간을 보기 위해 지구촌 동서남북에서 사람들이 먼 길을 마다하지 않고 이 사랑곳까지 오는 것이다. 그 장엄한 한순간을 붙잡으려고. 최고의 아름다움은 생사간生死間에 있다.

키르기스스탄, '도루'의 추억

내가 몸담았던 미래상상연구소라는 단체에서는 일 년에 한 번씩 '노마드 여행'을 한다. 몇 해 전 다녀온 곳은 중앙아시아의 키르기스스탄. 자연환경과 풍속이 몽골과 비슷하지만, 몽골이 남성적인 이미지로 떠올려지는 데 반해 그곳은 수줍은 처녀처럼 보다 신비롭고 여성적인 이미지로 다가온다. 전형적인 유목민 형태의 주거가 많은데, 우리는 바다처럼 크고 넓은 이스쿨 호수와 송쿨 호수 주변에 여장을 풀었다.

여름이었지만 가까이 보이는 톈산 산맥은 봉우리마다 하얀 눈으로 덮여 있었다. 바다 같은 호수 주변에는 방목하는 말들이 한가히 풀을 뜯고 있고, 천막집 유르트들이 엎어놓은 조개껍질들처럼 옹기

종기 모여 있다. 바다 같은 호수가 가까운데도 먹을 물은 귀해 대롱을 타고 흘러나오는 한두 컵 분량의 물로 양치질은 물론 세수까지 해야 한다. 말젖과 양젖으로 만든 음식이 대부분이고, 간혹 쌀로 밥을 짓기도 하나 그것은 아주 특별한 날일 경우다.

밤이면 기온이 많이 내려가는데 말의 배설물을 땔감으로 써서 한기를 녹인다. 세간이라야 담요 몇 장과 옷가지 한두 벌에 약간의 식기류가 전부. 큰 가방 한두 개면 이삿짐을 꾸릴 수 있을 정도로 단출하다. 마치 한적한 산사에라도 온 듯 삶이 홀가분해진다. 천막을 치고 자는 것만 다를 뿐, 키르기스스탄 광야에서는 사람이 사는 모습이나 말이 사는 모습이 별반 달라 보이지 않는다. 하늘이 햇빛과 우로雨露를 내면 그것을 자양분 삼아 자란 풀을 말이 먹고, 인간은 그 말이 내는 젖을 먹고 살아간다.

나는 그곳에서 '도루'라고 하는 이름의 순하고 예쁜 눈을 가진 말과 이틀 동안 친하게 지냈다. 처음 서투르게 등에 올랐을 때 녀석이 슬쩍 나를 뿌리쳐 기겁하며 풀밭에 넘어지고 말았는데, 그것이 미안

했는지 도루는 나를 태우고 아찔할 만큼 너른 광야를 달려주었다.

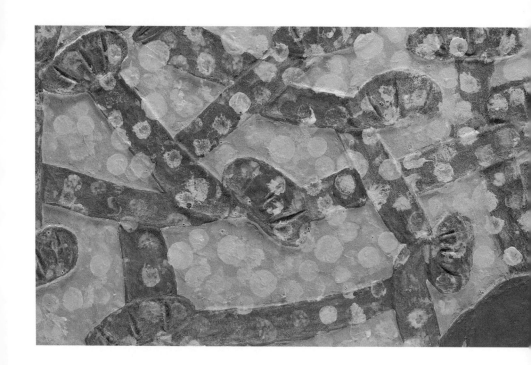

풀밭에 누우면 두둥실 구름이 떠가는 곳. 소음과 광기의 도시 속에서 떠내려가다 문득 수줍은 처녀처럼 저만치 서 있는 키르기스스탄을 떠올린다. "중요한 것은 마음의 평화랍니다. 삶의 짐일랑 가급적 가볍게 지세요"라고 말없이 가르쳐준 그곳을.

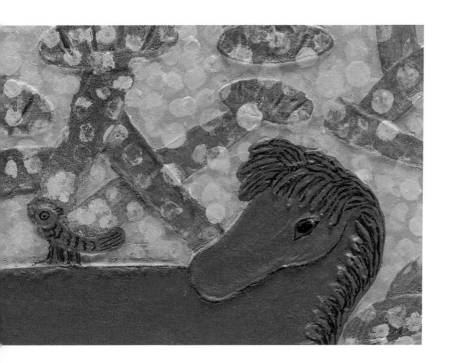

모로코의 마조렐 정원

여행을 하면서 알게 된 내 취향의 하나는 정원을 만나는 것이다. 이런 이유로 미술관 순례 못지않게 정원 순례를 하게 되는데, 흥미로운 것은 나라마다 그 형태와 빛깔이 사뭇 다르다는 점이다. 즉, 고유의 스타일이 있다.

일본의 경우, 가장 흥미로운 형태는 선의 정원인 선정禪庭과 이끼의 정원인 태정苔庭이다. 고요 속에 대나무 대롱을 타고 흘러내리는 가느다란 물소리만 들리거나, 그 물길이 돌아 흐르며 자연스럽게 이끼가 긴 돌멩이들이 숲과 어우러지며 작은 계곡을 이룬다. 거기다가 꽃 그림자나 달빛이 비치는 한지 바른 다정茶亭(찻집)과 돌탑들이 어우러지면서 일본적 미의식의 정체성을 보여준다.

중국의 경우, 그 거대한 규모가 우선 압도적이다. 수십 혹은 수백만 평의 땅에 다양한 형태의 건축물이 함께 들어차 있고, 온갖 기암괴석과 인공 호수며 다양한 수목들로 하나의 소우주를 이룬다. 거기에 비해 우리의 정원은 위용이나 작위적 미의식을 최소화하면서 자연미와 아취를 보여주는 단아함이 으뜸이다.

마조렐 정원은 모로코 마라케시에 있다. 프랑스의 화가 자크 마조렐이 평생 작품을 팔아 모은 돈으로 자국의 식민지였던 모로코 땅에 만든 정원이다. 그의 사후, 디자이너 이브 생 로랑이 사들여 관리하면서 새로 '이브 생 로랑의 길'을 만들었다. 얼마 전에는 그마저 작고해 정원 한쪽에 그의 묘비가 세워지기도 했다.

창조된 첫 색채와 형상 그대로인 듯, 영적 기운을 내뿜는 초록의 나무들과 원색 토기들, 꽃들과 물길이 어울리며 그대로 한 폭의 인상파 화가 그림이 되어버린 마조렐 정원은 그 아름다움으로 인해 규모는 작지만 세계적 명소가 되었다. 마조렐 정원 한쪽의 이슬 카페에 앉아 찬란한 색채와 빛깔들의 수목을 구경하다 보면 나무와

꽃들이 부르는 생명의 대합창을 들을 수 있다. 그뿐인가. 정령 같은 그들이 나누는 생명의 작은 속삭임까지도 들을 수 있다. 마조렐 정원의 색채에 취하고 온 뒤로 나는 몇 점의 그림으로 그곳의 느낌을 담아내보았다.

튀니지의 문인 카페, 카페 데 나트

카페 데 나트는 북아프리카 튀니지의 수도 튀니스 외곽에 있는 오래된 문인 카페의 이름이다. 화가 클레와 문인 앙드레 지드, 알베르 카뮈 등이 자주 왔다고 해서 유명해진 카페다. 화가 빈센트 반 고흐도 왔었다고 하나 확인할 길이 없다. 카페는 물빛과 어울리는 하얀 집들이 줄지어 선 언덕배기 꼭대기에 있는데, 창 너머로는 삼면에 햇빛 반짝이는 바다가 펼쳐져 있다.

'데 나트des Nattes'는 프랑스어로 돗자리라는 뜻. 아닌 게 아니라 벽 쪽은 앉아서 담소할 수 있도록 화문석을 닮은 아름다운 돗자리로 다다미방처럼 꾸며져 있다. 히잡 쓴 여인네들이 모처럼 벽에 등을 기댄 채 다리를 쭉 펴고 앉아 정담을 나누는 모습이 인상적이었다. 가끔은 소규모 공연도 하고 문학 강좌도 열린다는데, 아무래도 물빛이 아름답기로 유명한 시디 부 사이드에 있어서 더 이름이 난 것 같다.

카페에서 조금만 더 올라가면 커다란 나무가 있는 공터가 나오고, 담장마다 붉은 부겐빌레아 꽃이 피어 있는 하얀 집들 아래로 아름다운 시디 부 사이드의 바다가 펼쳐져 있다. 주변의 값비싼 집들에는 뜻밖에도 유럽과 미국 등지에서 온 화가들이 많이 산다는데, 아무래도 신비한 물빛과 주변 풍광들에 끌려서일 것이다. 화가 클레는 이곳에 머물렀는데, 조석으로 바다를 보면서 색채학 공부를 한 게 아닌가 싶다. 그는 햇빛과 맞닿아 녹아내리는 청옥색 보석 가루 같은 입자들을 보면서 영감을 받았을 것이다.

카페 데 나트의 오래된 방명록에 가져간 붓펜으로 글자 몇 개를 쓰자니 카운터의 청년이 호기심 가득한 눈으로 바라본다. 코리아라니까 북이냐 남이냐부터 묻는다. 간단한 스케치를 하고 "사우스"라고 말하니 "와우" 하며 눈을 동그랗게 뜬다. 카페를 나와 물빛을 내

려다보며 원색의 꽃과 하얗고 파란 집들 사이를 천천히 걷다 보니 홀연 천국에라도 와 있는 느낌이다. 꽃도 나무도 물도 바람도, 심지어 햇빛과 공기도 숨 쉬고 미소 짓고 소곤거리는 것 같다. 그대로 창조주의 미술관에 한 발짝 들이민 것 같다. 이곳의 아름다움을 과연 나의 느낌과 색채로 화폭에 옮길 수나 있을까 싶다. 카페 데 나트와 시디 부 사이드. 눈 감으면 떠오르는 그 황홀한 풍경을 그림으로 대신해본다.

베를린에서 옷 벗기

베를린에서 옷 벗기

옷이란 무엇일까.

그리고 그 옷을 입는 행위란 또 무엇일까.

인간이 인간될 수 있는 것 중 하나가 옷을 입는 것이라면,

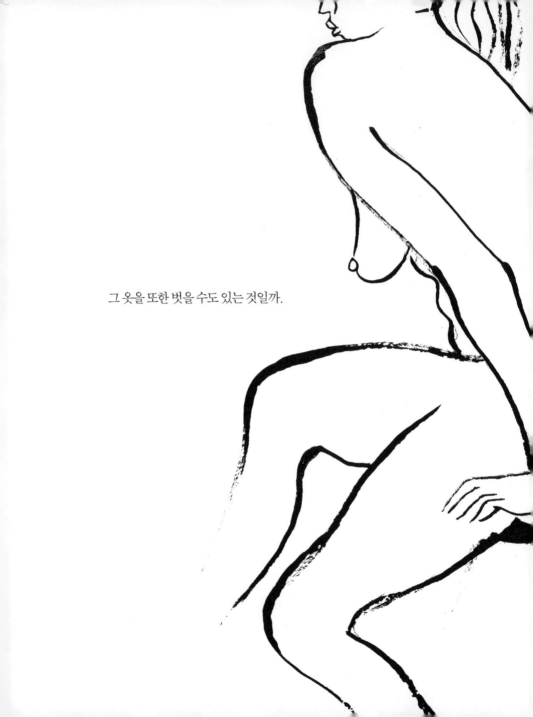

그 옷을 또한 벗을 수도 있는 것일까.

문화와 예술은 한 시대의 옷 같은 것이라는 사실을 미술 여행을 할 때마다 느끼곤 한다. 미술 사조라는 것도 어떤 면에서는 한 시대의 입고 벗는 의복이나 풍속 이상도 이하도 아닐 것. 도덕과 윤리의 가치라는 것도 시대가 제 몸에 맞게 재단해 걸치는 의복에 다름없다.

성풍속性風俗이야말로 이러한 시대적 의복의 산물이고말고다. 우리나라에서 1970년대 장발과 미니스커트를 단속할 때만 해도 여성들이 허벅지가 드러나는 옷을 입는 것은 범죄로 다루어졌다. 이슬람 문화권에서는 허벅지가 아닌 발목만 드러나는 것도 절대 안 되는 금기다. 그런데 어느 여름날, 유럽하고도 독일에 오니 사정은 전혀 달랐다.

1989년 여름, 나의 개인전이 열리기로 되어 있는 프레데리시아 갤러리를 방문했을 때 알랭 들롱 뺨치게 미남인 40대 관장은 그의 젊은 아내와 갤러리 입구에서 맥주를 마시고 있었다. 그런데 서로 인사를 나눈 후부터 가장 곤란한 문제는 나의 시선을 어디에 둘 것인가 하는 점이었다. 왜냐하면, 화랑의 안주인, 즉 젊은 관장 부인

135

의 복장이 너무도 도발적이어서 아찔했기 때문이다. 소매 없는 검은 블라우스 비슷한 의복은 간신히 가슴의 유두 근처만 가린 채 등에서 엉덩이까지 모두 드러나 있었고, 배꼽은 물론 허벅지까지 아슬아슬하기 그지없는 것이어서 나의 시선은 혼미했다. 그처럼 시선에 신경쓰다 보니 자연 대화는 뒤죽박죽 두서없는 것이 되고 말았다. 돌아오는 차에서 그러한 어려움을 고백했더니 나를 안내한 한국인 미술관장은 빙그레 웃으면서 말없이 조용한 숲길로 차를 몰아갔다.

'도깨비 숲'이라고 부른다는, 시냇물이 졸졸 흐르는 숲길을 칠팔 분쯤 달렸을까. 비스듬한 언덕배기 아래로 그림 같은 호수가 나타났다. 그리고 그 호수 주변과 언덕에는 실오라기 하나 걸치지 않은 수없이 많은 나상裸像들이 눕거나 앉아서 햇볕을 쬐거나 혹은 담소하고 있었다. 태초에 에덴동산이 그러했을까 싶게 모든 남녀가 옷을 벗어버린 채 푸짐하게 내리는 오후의 햇살에 온몸을 맡기고 있었다.

나와 한국인 관장은 옷을 입고 있기가 쑥스러워 윗도리만 벗은 채 잔디에 앉았다. 수없이 많은 건장한 남성들이 그들의 심벌을 드러낸 채 우리 앞을 지나갔고, 수없이 많은 미끈한 미인들이 역시 실오라기 하나 걸치지 않고 지나다니거나 자신의 남자 친구와 마주 누워 담소하고 있었다. 좋은 의미로 해방을 만끽하며 초원을 뛰노는 짐승들 같았다.

　성이란 가리고 감출 때 그 의미가 있을진대 저렇게들 완전히 열어 버리면 어디 신비감이 있겠느냐는 것이 내 생각이었고, 억지로 감추고 꼭꼭 폐쇄시켜 병적 외곬이나 상상력에 빠지게 하기보다는 어렸을 때부터 남녀의 다름을 자연스럽게 보고 익히도록 하는 것이 더 건강하고 바람직하다는 것이 독일에서 오래 산 관장의 견해였다.

　우리 곁에서 미끈한 젊은 여성이 누운 채 역시 벗고 있는 남자와 이야기에 열중하고 있는 것을 보면서 딴은 그럴지도 모르겠다는 생각을 해보았다. 그 남녀의 풍경이 기묘하게도 자연스러웠기 때문이다. 의문스러운 밀폐 속에서 오히려 그 역작용으로 인신매매나 미성년자 성추행 같은 끔찍한 사고가 일어나는 것 아니겠냐는 그의 견해는 그런 면에서 상당한 타당성이 있어 보였다.

그리고 보면 벗어서 좋은 것은 육신을 가리운 의복만은 아닐 것이다. 사람을 옥죄는 편견이나 인습의 옷 또한 때로는 과감히 벗어 던져야 할 것이다. 도깨비 숲에서 얻은 교훈이다.

파리 필모그래피, 도시는 우아하게 늙어간다

도시에 '러블리Lovely'하다는 표현을 쓸 수 있다면, 밤의 아름다움이 낮의 눈부심과 겨룰 만한 곳이 있다면, 미술이 문학과 철학에 기죽지 않는 곳이 있다면, 기가 죽기는커녕 달려오는 군마群馬처럼 지축을 흔드는 곳이 있다면, 시간의 더께가 내려앉아 있지만 이마저 세월의 우아한 입김처럼 느껴지는 곳이 있다면, 그곳은 파리다. 인문과 예술의 벨 에포크Belle Époque 시대에 허다한 철학적 담론과 함께 몽마르트르와 물랭루주와 인상주의의 신화를 만들어낸 도시. 과거이면서 현재인 도시.

그 파리를 가장 잘 열고 들어가는 방법은 무엇일까. 그냥 뻔한 관광 코스 말고 예술과 문학, 현실과 과거를 퍼즐처럼 엮어놓은 우디 엘런 식 〈미드나이트 인 파리〉의 동선을 따라 걸어보는 것은 어떨까.

파리에 사는 사람들은 파리에 대해 쓰거나 말하지 못한다고들 한다. 그 아름다움이라는 것도 살다 보면 둔감해질 뿐더러 도시의 명암을 극명하게 알기 때문이라는 것. 그래서 파리에 매혹되어 파리 오마주를 쓰는 사람들은 대부분 여행자란다. 왜 아니겠는가. 여행자는 보고 싶은 것만 볼 특권이 있다. 낭만의 안경을 끼고 과다하게 부풀려 본다 한들 죄될 것도 없다. 무엇보다 그에게는 돌아갈 집이 있다. 그래서 잠시 머물다 갈 이 매혹적인 도시에 자기만의 색채를 입히는 것이다.

우디 엘런식의 경우도 다르지 않았을 것. 그는 왕년의 문청(문학청년)으로 알려져 있지만, 문학에의 로망은 노년에 이르기까지 그를 사로잡고 놓아주지 않았다. 그래서일 것이다. 그의 영화는 대부분 필름 위에 쓴 원고처럼 흘러간다. 장면이 바뀌는 일이 책장을 넘기는 듯한 느낌으로 온다. 〈미드나이트 인 파리〉가 특히 그렇다.

영화는 1920년대 문학과 예술의 영상 지도다. 다만 그 지도는 공간 여행이면서 동시에 시간 여행의 지도라는 점이 특징. 그 시절의 밤공기가 투명한 알갱이처럼 만져질 정도다. 물론 비슷한 파리 필모그래피의 영화는 수도 없이 많다. 안타까운 사랑의 여로를 따라가는 〈비포 선셋〉은 낡고 오래된 서점 셰익스피어 앤 컴퍼니에서 시작되고, 〈로스트 인 파리〉는 에펠탑을, 〈아멜리에〉는 카페 레 뒤 물랭과 생 마르탱 운하를, 〈프티 아만다〉는 뱅센 공원을, 〈퐁네프의 연인들〉은 물론 퐁네프 다리를, 〈물랭루주〉는 화려함을 극한 물랭루주 주점의 한 시절을 배경으로 한다. 그러나 〈미드나이트 인 파리〉는 파리의 어느 한 정지된 배경이 아니라 파리 전체의 구석구석 골목골목을 향해 카메라가 돈다. 특히 파리 시간 여행이라는 점이 특징이다. 전반적으로 1920년대를 향한 우디 앨런의 파리 헌정 영화라고 할 수 있다. 파리 근교 모네의 지베르니 정원이 나오고, 베르사유 궁전과 로댕 박물관이 나오는가 하면, 브리스톨 호텔과 생 에티엥 뒤 몽 성당과 생투앙 벼룩시장이며 알렉산더 3세 다리, 물론 물랭루주와 셰익스피어 앤 컴퍼니 서점도 나온다.

　파리의 경쾌함과 우울, 소란과 고요, 과거와 현재가 뒤섞이며 돌아간다. 그리고 파블로 피카소, 살바도르 달리, 어니스트 헤밍웨이, 프랜시스 스콧 피츠제럴드 같은 문인과 예술가들이 줄줄이 소환된다. 그리고 보니 맞다. 그 도시를 그토록 풍요롭게 한 것은 밤하늘의 별 같은 그 이름들이 있어서일 것이다. 사람 없는 건물만의 도시는 화려할수록 공허한 것. 우디 앨런은 바로 그 점에 착안했다. 이 아름다운 도시에는 뛰어난 예술가와 문학가들이 있어서 더 아름다운 것이라고. 그러니 떠나간 그 사람들을 불러들여보자고.

　파리를 밤의 도시라고 한 글을 본 적이 있다. 밤하늘의 보석 알갱이 같은 문인과 예술가들이 사라져버린 대신 인공조명만이 도시를 밝히고 있다는 뜻에서였을 것이다. 그러니 이 아름다운 도시의 문을 열고 들어가 천천히 걷기에는 우디 앨런식 시공時空 지도 속으로 가보는 것이 좋을 듯하다. 도시뿐만 아니라 사람을 보고 만나는 안복眼福을 누릴 수 있기 때문이다. 그렇다. 환상이면서 현실인 파리, 과거이면서 현재인 파리, 파리 필모그래피는 그렇게 도시로 시작되어 사람으로 완성된다.

파리, 문학과 미술의 동행

흔히들 말한다. 프랑스는 화가의 나라, 영국은 작가의 나라, 그리고 독일은 철학자의 나라라고. 일부분은 맞고 일부분은 틀리다. 특히 프랑스에 대해서는 그렇다. 프랑스는 화가와 조각가의 나라이면서 동시에 시인과 소설가, 극작가의 나라이고 무엇보다 철학자의 나라이기 때문이다. 미술이 두드러지고 오랫동안 세계 미술의 수도였던 것은 맞지만 들여다보면 그 번성함의 좌우에는 문학과 철학이 있었다.

더구나 놀라운 것은 쉽게 만나질 것 같지 않은 미술과 철학, 감성과 논리의 세계가 자주 극명하게 겹치거나 행복한 동행을 이룬다는 점이다. 물론 미술과 문학의 동행은 말할 것도 없다. 다른 동네에서는 서로 등을 돌리고 각을 세웠던 장르가 그 도시에서는 어깨동무를 한다. 그렇게 쉼 없이 제삼의 물결, 아니 제삼의 파장을 만든다. 서로 다른 영역들이 자연스럽게 어우러지며 콜라보한다.

이를테면 화가 폴 세잔의 '흐르는 시간을 화면에 멈춰 세울 수 있는가'와 같은 생뚱맞은 고민은 사실 철학자 앙리 베르그송의 명제이기도 했다. 그런 면에서 세잔은 철학적 미술가라고 할 수 있고, 베르그송은 미술가적 철학자라고 할 수 있다. 겹쳐지는 것은 두 사람의 경우만이 아니다. '실존은 본질에 선행한다'는 장 폴 사르트르. '실존'이라는 말을 발명한 그의 개별자 의식은 뜻밖에도 행동하는 소설가 앙드레 지드의 '방房으로부터의 탈피'와 연결된다.

파리라는 도시가 아니었으면 이 같은 이질성들이 그토록 잘 섞이고 조화될 수 있었을까 싶다. 파리의 무엇이 문화와 예술의 가로지르기를 그토록 왕성하게 했을까. 우선 파리는 거대 도시가 아니다. 생제르맹이나 마레 등 예술가들이 만나는 장소가 특정화되어 있다. 그만큼 스킨십이 쉽다. 거기에 일몰과 함께 전혀 다른 얼굴로 바뀌는 파리의 밤 문화가 예술가들로 하여금 그런 합종연횡을 가능하게 하지 않았을까 싶다. 런던은 낮 동안 산책하고 애프터눈 티를 나누며 담소한 후 저녁이 오면 자신의 집으로 돌아가는 문화인 데 비해 파리는 밤이 되면 새로운 생기로 살아나는 도시다. 에펠탑의 불빛을 신호로 도시는 깨어나고, 그 도시의 불빛 아래로 여러 분야의 예술가들이 삼삼오오 모여든다. 살강. 와인 잔을 부딪는 사이에 장르와 장르의 경계는 허물어지고 도시는 낮과 다른 모습으로 새롭게 꽃피어난다.

피카소가 스페인을 떠나서 파리로 온 것은 물론 그 도시가 세계 미술의 중심이라는 까닭도 있었겠지만, 풍성한 인접 방계 분야의 여러 예술가들과 교류할 수 있으리라는 기대도 한몫했을 것이다. 그렇게 파리로 옮겨온 피카소에게는 사실 화가보다는 시인 친구들이 많았고, 종종 그들이 영감의 원천이 되었다. 불과 열아홉 살 나이에 자신의 나라를 떠나 파리로 온 그는 기욤 아폴리네르, 장 콕토, 폴 엘뤼아르 같은 당대의 문인들과 교류하면서 그들로부터 쉬

임 없이 자기 그림의 이미지를 얻어냈다. 예컨대 엘뤼아르 같은 시인과 교류하면서 그의 시적 상상력을 끝없이 회화로 구현해냈다. 시인들이야말로 그의 교사였던 셈이다. 그들의 지성의 힘을 분출되는 자신의 감성과 섞었던 것이다.

그런가 하면 프랑스의 국민 시인 폴 발레리는 시적 언어의 회화적 변용에 탁월한 사람이었다. 그는 어린 시절부터 수없이 많은 바다 그림을 그렸는데, 1894년부터 1945년까지 매일 새벽 기록했다고 알려진 262권의 방대한 수상록 《카이에》 속에 직접 그린 크로키며 데생들을 삽입했다. 그는 《레오나르도 다빈치 방법 입문》, 《드가, 춤, 데생》 등 본격 미술 평론서를 쓰기도 했는데, 특히 인상파에 속하면서도 엄격한 고전주의를 견지한 에드가 드가를 예찬했다. 그에 대해 '섬세하고 생기발랄하면서도 열정을 절제하는' 우아한 화풍, 쉽게 그리기를 거부하는 수도사적 정신이라고 예찬했다. 드가 또한 다른 누구보다도 이 시인의 작품평에 늘 민감했고, 그가 가리키는 지향점을 바라보았다.

그런 면에서라면 누구보다도 사르트르와 알베르토 자코메티의 관계를 빼놓을 수 없다. 사르트르가 20세기 철학의 아이콘이 되면서 많은 예술가가 알게 모르게 그의 영향을 받게 되는데, 자코메티와의 관계는 특히 각별했다. '미술가는 문학가의 등에 업히지 않고서는 멀리 갈 수 없다'는 말처럼 자코메티도 사르트르가 쓴 〈자코메티의 그림〉, 〈절대의 탐구〉와 함께 실존과 고독을 응시하는 '철학적 조각가'로 빛을 발했다. 그들은 가끔 카페 뒤 마고나 카페 플

로레에서 조우하면서 서로의 예술 세계와 인간에 대한 이해도 깊어졌다. 사르트르는 틴토레토, 앙드레 마송, 폴 르베이롤 등에 대한 뛰어난 평론을 남겼지만, 자코메티에 관한 글에는 미술평론적 담론을 뛰어넘을 정도의 동지애적 유대감 같은 것이 있다.

나는 포로수용소, 정어리 상자 속 같은 그곳에서 두 달을 지내며 절대에 가까운 어떤 체험을 했다. 내 생활 공간의 경계는 바로 내 피부였다.

사르트르, 《상황》 중에서

뼈가 피부가 되는 것 같은, 그리하여 타자와의 간극이 사라져버리는 절대고독과 실존 상황을 자코메티가 조형 언어로 형상화시켰다고 믿고 싶었던 것이다. 자코메티에 대해 '출구 없는 고독을 되돌려주는 조각가이며 인간과 사물을 세계의 중심에 다시 가져다놓은 화가'라고 평하며 실존주의적 분석을 했다.

1901년 이탈리아와 가까운 스탐파라는 소도시에서 태어난 자코메티는 다감한 유년 시절을 보낸 문학 소년으로, 세계와 자아의 분리와 공간에 대한 공포가 의식에 그림자처럼 깃들어 있었다. 사르트르의 실존주의는 그에게 출구를 열어주었다고 할 수 있다. '어쩌면 실존이 본질에 앞선다'는 사르트르의 명제가 그로 하여금 인체 조각에서 본질만을 남기고 다 버리게 한 하나의 동력이 되었을 수도 있었으리라 생각한다.

그 시절 파리 예술계의 특징 하나. 한 문장 했다 하는 문인일수록 양수겸장兩手兼將으로 그림 실력까지 겸비하고 있었다는 점이다. 장 콕토 같은 경우, 그의 이름이 붙은 미술관을 가질 만큼 당대에 화가

로서도 이름을 떨쳤다. 오래전 서울에서까지 그의 전시회가 열렸을 정도다. 시인이나 철학가, 소설가 중에는 그 이름을 열거하기조차 힘들 만큼 미술 평론이나 미술사에 관한 글을 남긴 사람이 많다. 문인이 그림을 그린 경우도 두 손가락으로 헤아리기 어려울 정도다. 감성의 뿌리는 하나이되 표현 방법이 다르게 분출될 뿐인 것이다.

여기에 철학이 가담함으로써 명실공히 '벨 에포크'의 신화를 낳았다. 이처럼 장르와 장르를 가로지르며 제삼의 상상력이 꽃피울 수 있었기에 예술 도시 파리의 신화가 가능했을 것이다. 단순한 만남의 장소를 넘어 인문과 예술의 에스프리Esprit를 끊임없이 낳았던 문학과 예술의 카페들이 그 신화의 산실이 되었음은 물론이다.

말言, 색色과 연애하다

인생은 짧고 예술은 길다고? 그것은 살아남은 자들의 슬픈 위안이다. 정작 그것을 만들어내는 자들에게는 생명이 질 때 그 손짓이며 숨소리도 함께 멎는 것임을 오직 자신만이 안다. 그러니 예술이고 인생이고 간에 무자비한 시간 속에 속절없이 지고 안타깝게 가는 것임은 매한가지다. 주인이 떠나가고 물질로서의 예술품들만 덩그러니 남겨진들, 그것에 체온과 호흡을 불어넣었던 이가 사라진다면 무슨 소용이 있겠는가. 남겨진 예술이 아름다울지 몰라도 그것을 만든 이들은 대체로 저 홀로 우는 자들이다. 상처와 눈물, 고독과 고통을 비벼 넣어 꽃으로 토해내고 싶어 하는 자들이다. 그러니 그 빛이 선홍빛으로 타오를수록 상처도 깊고 외로움도 절절하다고 보면 대충 맞겠다.

물론 이제는 다르다. 한 가객歌客이 내뱉었듯 "이 빌어먹을 놈의 현대미술"도 이제는 불친절하고 폭력적일수록 매력으로 다가온다. 더구나 모든 예술의 가치는 재빨리 금융 가치로 환산된다. 따라서 소위 성공한 예술가들은 외로울 새가 없다. 더 이상 '고독'이 잘 안 된다. 가장 큰 변화는 '예술과 예술 아닌 것'의 경계마저 모호해졌 다는 점이다. 그것은 더 이상 특별한 재능을 부여받은 자들만의 것 이 아니라 누구나 하면 되는 그 무엇이 되어가고 있다. 특히 '미술' 이 그렇다.

파리라는 도시. 가끔 검붉은 석류 같다는 생각을 하곤 한다. 핏빛 껍질 속에 보이는 마알간 연분홍 씨들. 어둠이 오면 일제히 불을 켜 서 호사한 시간을 연출하지만, 화려하고 견고한 그 외피 속에는 올 망졸망 여리고 외로운 석류알 같은 존재들이 모여 있다. 사람들이 일러 예술가라고 부르는 온갖 쟁이들……. 환쟁이, 글쟁이, 풍각쟁 이, 그리고 광대들. 겉으로 화려하고 속으로 우는 자들이 이 화려한 도성의 한 모퉁이에 모여서들 있는 것이다. 그들은 그 누군가를 위

155

해 언어와 색채와 악보를 만드는 것 같지만 사실은 한결같은 자기 위로의 몸짓들일 뿐이다. 외로워서 하는 짓거리들일 뿐인 것이다.

언젠가 파리의 한 화랑에서 스무 살 넘어 파리로 유학 왔다가 귀밑머리 희끗해질 때까지 사십여 년간이나 눌러앉은 화가 한 분을 만난 적이 있다. 이 도시의 무엇이 잡아끌길래 삶의 종장終場에 이르기까지 돌아가지 않았느냐고 물었을 때 그가 쓸쓸히 웃으며 대답했다. "소매 끝을 잡는 사람 같은 것은 없다. 이 도시에서도 춥고 배고픈 것은 마찬가지이지만, 누군가 알아주는 것 같은 느낌 때문에 머물러 있게 된다. 누군가 알아주는 것 같은 그 느낌. 그것이야말로 생의 버팀목이기도 하다." 그러고 보면 허다한 예술가들이란 그러한 환상과 착시의 느낌 속에 사는 존재들이 아닌가 싶다. 그런 사람들이 서로의 눈짓과 신호로 모여드는 곳, 그곳이 파리다.

화가 김병기 선생과 우연히 파리의 한 호텔에서 조우한 적이 있다. 낙엽이 날리는 거리를 코트 깃을 올리고 걸으며 선생은 옛날을 회상했다. "나는 미국에서 수십 년을 살고 파리에선 그리 오래 머물지 않았는데, 어디에 있건 미국보다 이 도시가 더 그립게 떠올려지곤 해요. 그것이 바로 파리의 매력입니다." 파리에 갈 때마다 그 어른의 말이 떠오르곤 한다.

그런데 도대체 농업 국가 프랑스는 어떻게 하여 '아름다움'으로 제국의 신화를 새로 쓰게 되었을까? '칼'로, '화폐'로, '땅'으로 제국의 역사를 썼던 다른 나라들과 달리 그들은 어떻게 '붓과 팔레트'로 제국을 일으키게 되었을까? 그리고 다른 모든 제국의 역사가 허물어져갔는데도 이 '미美'의 제국만은 아직도 그 불길이 요요하게 타오르고 있는 걸까? 그들은 어떻게 바다에 무역선을 띄우지 않고도 가만히 앉아서 '아름다움'으로 부를 쌓아 올리는 방법을 터득했을까? '고상한 취향'이 장차 굴뚝 없는 산업이 되리라는 것을 어떻게 간파했을까? 그리고 어떻게 파리만국박람회를 열어 신기술 아닌 '새로운 도시'와 '새로운 미술'을 선보일 전략을 세웠으며, 그것이 기가 막히게 맞아떨어질 줄 알았을까? 그리하여 고전과 미의 바다인 이탈리아를 제치고 자신들의 땅에서 근대 이후 사라져가던 '아름다움'의 새로운 제국 신화를 낳게 되었을까? 이제 미술 시장도 거대 자본의 흐름을 따라 뉴욕으로 옮겨갔다. 미의 트렌드 또한 속속 바뀌어간다. 어제 '아름다운 것들'은 오늘 이미 아름답지 않게 된다.

그런데 불가사의한 것은 '어제의 도시'였던 그 파리는 아직도 아름다움의 왕좌를 지키고 있고, 미에 관한 한 여전히 '오늘의 도시'라는 점이다. 서울의 몇 분의 일도 안 되는 그곳에는 사백 개가 넘는 갤러리들이 포진하고 있다. 실로 불가사다. 그 도시에만은 아직 '비싸면 좋은 것'이라는 우리 시대의 천박한 상업 논리에 고개를 젓는 그들만의 철학 같은 것이 있다. 이것이 파리의 매력이고말고다. 자본만으로 거래될 수 없는 그 무엇이 그곳에는 있다. 변치 않는 미의 에스프리 같은 것. 시와 음악과 영화와 미술이 함께 어우러지면서 난만하게 꽃피우며 이루어지는 에너지가 있다.

나는 역마를 넘어 쌍마双馬의 기질을 타고난 사내. 세상을 이리 저리 떠돌다 보면 그야말로 인생 자체가 노마드임을 절감하게 된다. 그런데 다녀도 다녀도 파리는 아직 배고프다. 돌아서면 다시 그

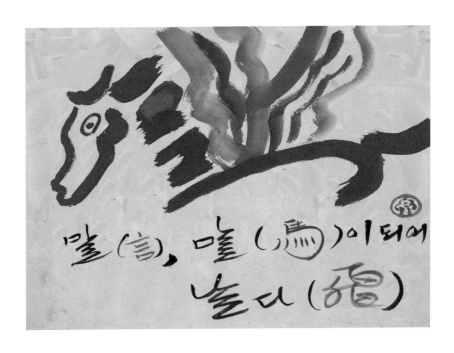

말(言), 말(馬)이 되어 놀다(遊)

곳이 그리워진다. 이게 대체 웬 매직일까 싶다. 지금도 허다한 이 방인들이 나처럼 아름다움에 허기져서 포충망에 걸려 파닥이는 나비처럼 그곳으로들 날아든다. 무엇이 그토록 우리를 잡아끄는 것일까? 덧없이 가는 인생의 시간 속에서 그나마 머물러 서서 바라볼 수 있는, 그 어떤 것 때문이 아닐까? 사람들이 '예술' 혹은 '예술적인 것'이라고 부르는 그 어떤 것 말이다.

숲길 따라 샹티이성

여행의 맛은 《론리 플래닛》 같은 책자에는 잘 나오지 않는 숨겨진 장소를 찾아가는 데도 있다. 산모퉁이를 돌아서다가 혹은 슬며시 고갯마루를 올라오다가 마주치는 '아', 싶은 경치나 건물을 '발견' 하는 기쁨이라니. 숲길 끝에 고요히 서 있는 샹티이성이 그랬다. 파리에서 교외로 사십 킬로미터를 빠져나와 숲속으로 난 작은 아스팔트 길을 달리다 보면 돌연 숲이 끝나면서 일망무제一望無際의 푸른 잔디와 군데군데 호수가 나오고, 그 백조의 호수 저편으로 꿈결인 듯 요요하게 서 있는 고성古城이 '샤토 샹티이'다. 프랑스 전역에는 이런 성이 무려 백오십여 개란다.

'샤토 갤러리'라 하여 이런 고성에서 고가高價의 미술품 전시회를 여는 곳도 여럿 있다 한다. 그 옛 성의 전시실은 라파엘로, 피에로 디 코시모, 니콜라 푸생, 장 오귀스트 도미니크 앵그르, 외젠 들라크루아의 명작들로 가득 채워져 있다. 특히 라파엘로의 〈삼미신三美神〉이 유명하다.

이 성의 성주가 모아놓은 미술품들은 그대로 근대 미술사의 한 페이지를 이룬다. 더 놀라운 장관은 서재. 일 층에만 이천 권, 아래층에 삼만 권, 본관 외의 별관 서재에 또 육만 권의 책들이 숨 막히게 정돈되어 있어서 벌린 입을 다물 수 없었다. 세계에 네 권뿐이라는 그림이 곁들여진 필사본 성서를 비롯해 온갖 희귀한 서적들로 빼곡했다. 거의 다 가죽 장정들, 그 위에 보석을 박거나 아름다운 문장文章들로 꾸며져 그대로 미술품에 가까웠다.

14세기에 세워졌다는 이 성에서는 삼백여 명의 사람이 일했다고 하는데, 성주 일가들은 그 모습이 주물이나 초상 조각으로 만들어져 보관되어 있었다. 그들의 주요 여흥은 승마와 사냥이었다는데, 말 박물관이 따로 있는가 하면 사냥에 동원된 사냥개들의 사실적인 조각들까지 만들어두었다.

샹티이성을 대충 둘러보고 나오는 데에도 한나절이 갔다. 성으로 가는 입구의 무개차 스낵 가게에서는 여배우 뺨칠 만한 미모에 모델 같은 옷맵시를 뽐내는 아가씨가 푸리케(감자 볶음)를 팔고 있었다. 나는 즉석에서 그녀의 프로필 한 장을 스케치해 건넸다. 그녀는 얼굴이 빨개져서 그 그림을 받았는데, 함께 간 파리 유학생 K의 말로는 그 그림이 저 여자의 가문에서 최소한 한 세기 정도는 보관될 거란다. 미술을 아끼고 문화를 사랑하는 도시 파리의 저녁을 샹티이성에 와서 다시 느끼게 된다.

아모, 애잔한 별채

베르사유궁 외곽 숲을 꼬불꼬불 돌아 들어가면 일반 관광객들은 거의 놓치고 지나가는 한적한 오솔길이 이어지고, 그 길가에 꿈 같은 아모Hameau(프랑스식 초가집) 몇 채가 나타난다. 숲속 요정이 살았으리라고밖에는 믿어지지 않는 꽃 계단의 목조 이층집 두서너 채와 후원의 채마밭, 그리고 그 앞으로 잔잔한 호수와 드넓은 풀밭에 수령이 수백 년씩은 되었음 직한 까마득히 높은 소나무들이 거짓말처럼 아름답고 고요한 모습으로 펼쳐져 있다. 나는 베르사유 본궁의 그 장엄하고 화려함을 극한 건물의 위용보다는 이 후원의 애잔한 별채가 더 정겹고 아늑하게 느껴져 떠날 수 없었다.

루이 황제의 황후인 마리 앙투아네트는 바로 이 아모에서 노도

같이 몰려오는 데모 군중의 함성을 들었다던가. 그러고 보면 이 집은 숲속 요정의 집이 아니라 비운의 왕비가 죽음을 앞두고 머물렀던 처소였던 것이다. 그녀는 이 집에 머물렀던 그리 많지 않은 날들 사이에 호사와 영화의 나날로부터 급전직하, 단두대의 이슬이 되어 사라져갔다. 단두대에 걸어 올라가기 전, 형리에게 잠깐만 시간을 달라 하여 옷의 먼지를 털고 미소를 머금은 채 의연히 죽음을 맞았다 하던가…….

역사는 그녀를 한갓 사치와 허영에 들뜬 아낙으로만 그려놓았지만, 어린 시절 이후 궁에서만 자랐던 그녀로서는 자기 삶에 대한 비교의식을 갖는 게 당연히 불가능했다. 그리고 사실 베르사유궁을 그토록 어마어마하고 호화롭게 꾸민 것은 상당 부분 왕의 현시욕 때문으로 알려져 있다. 그 수천 칸의 본궁 방들 중 왕비의 방은 그 규모나 화려함이 상상보다 훨씬 덜하다. 푸른 숲속을 말 달려오는 하얀 옷의 여인, 그 역사 속의 여인 마리 앙투아네트를 현실로 얼핏 본 것 같기만 하다.

한 여인의 호사한 생애가 무너지고 난 후, 그 자리에는 이제 소박하고 작은 집 한 채가 남겨졌다.

몽마르트르의 검은 이슬

"이곳에 와서 그들과 어울리는 동안 나의 시간과 공간, 그리고 존재감이 무한 확대되고 열려 나가는 것을 느꼈다." 샤를 보들레르가 말한 이곳은 어디이며, 그들은 누구인가? '이곳'은 화가들의 본거지였던 몽마르트르, 그중에서도 피카소와 아메데오 모딜리아니의 작업실이 있던 '세탁선'과 오귀스트 르누아르의 단골 카페 물랭드 라 갈레트가 있는 르픽 거리, 몽마르트르 미술관이 있는 코르토 거리, 앙리 로트레크의 작업실이 있던 콜랭쿠르 거리 같은 곳이고, '그들'은 화가와 조각가, 음악가들이다.

해가 지고 밤이 내리면 가스등이 켜진 언덕과 골목의 카페들은 아연 활기로 부풀어 올랐다. 모리스 위트릴로, 외젠 부댕, 드가, 로트레크, 반 고흐 같은 화가들은 무도회가 열리는 술집과 카페를 순례하며 소용돌이치는 듯한 무희의 드레스와 독주 압셍트(무려 70도가 넘는) 속에서 밤이 이슥하도록 술잔을 부딪쳤다. 그렇게 장르와 장르, 경계와 경계를 넘나들며 다른 동네 예술가들을 만났다. 그럼으로써 비단 보들레르 같은 시인뿐만 아니라 화가, 조각가도 시야가 더 확대되었을 것이다.

피카소는 초현실주의의 선봉장인 시인 엘뤼아르를 만나 그로부터 현실 너머의 또 다른 현실을 그림으로 그릴 수 있는 단초를 제공받았을 뿐 아니라 스스로 사백 편이 넘는 시를 썼다. 인생에는 고통의 드라마가 있다며 헌 구두 한 켤레를 남긴 채 죽은 반 고흐는 연극 연출가 앙토냉 아르토를 만났다. 십 년 가까이 정신병원에서 지냈던 아르토가 요양소 침대 밑에서 헌 구두짝을 손에 쥔 채 세상을 떠난 것까지 반 고흐와 흡사하다.

폴 세잔과 에밀 졸라는 우정과 증오 사이를 오가며 서로의 예술 세계에 팽팽한 긴장을 불어넣었다. 드가는 시인 발레리를 통해 그가 쓴 《레오나르도 다빈치의 방법 입문》 속의 '우아함을 잃지 않는 엄격한 정열'에 대해 배웠다. 각자의 좁은 골목길에서 걸어 나와 '광장'에 모임으로써 '시간과 공간'이 확대되면서 새롭게 열리는 것을 확인했던 것이다.

해가 지면 가난한 화가들은 집단 스튜디오인 '세탁선'을 나와 물랭 드 라 갈레트나 라팽 아질을 거쳐 르픽 거리의 작은 식당들에서 요기한 후 블랑슈 광장을 마주하고 선 붉은 풍차의 집 물랭루주로 모여든다. 취기가 도는 관객들은 캉캉 춤을 추는 무희들을 향해 "더 높이! 더 높이"라고 외친다. 번쩍번쩍 치켜드는 다리를 더 높이 올리라는 것. 그중에서도 가장 많이 들리는 소리는 "라 굴뤼! 더 높이!"였다. 라 굴뤼는 로트레크의 그림에도 나오는, 그곳의 베테랑 무희로 예술가들과 두루 친했다. 물랭루주의 '기록 화가'였던 로트레크는 들어 올릴 수 없는 자신의 다리 대신 번쩍번쩍 올라가는 무희들의 다리와 현란한 춤, 관객들의 표정을 놀라운 속도로 그려 나간다. 르누아르는 같은 무도회를 그려도 정적이며 우아한 파리지앵

의 모습으로 담아낸다. 물랭루주에서마저 고독했던 반 고흐는 홀로
떨어져 무대를 바라보고 있고, 로트레크는 능숙한 필치로 그의 그
런 모습을 그린다.

몽마르트르의 카페나 주점들을 담아내는 화가들의 필체는 그야말로 백인백색이었다. 반 고흐만 하더라도 네덜란드 시골에서 올라온 사람답게 내부의 현란한 모습을 담기보다는 그 외관을 초록 풍경화로 그렸다. 그 누구보다도 르누아르에게 물랭 드 라 갈레트는 미술 학교였고 스튜디오인 셈이었다. 그는 가까이에 작업실을 얻어놓고 출퇴근하다시피 그곳에 와서 사람들의 동선과 섬세한 표정, 그리고 대화하거나 춤추는 모습들을 담아냈을 정도다. 그런가 하면 자유로운 영혼의 시인 아르튀르 랭보의 단골 카페인 라팽 아질에는 늘 반쯤 취해 있는 화가 위트릴로와 한쪽에서 뭔가를 쓰고 있는 아폴리네르, 그런 그를 그리고 있는 앙리 마티스가 있었다. 그러다가 그 예술 카페들은 종종 화가들의 전시회장이나 음악가들의 공연장으로 바뀌기도 했다.

"내 생애 단 한 번만이라도 파리에서 전시할 수 있다면……"이라고 말했던 반 고흐는 한 무리의 동료 화가들과 함께 비록 정식 갤러리는 아니지만 카페에 그림을 걸었고, 말할 수 없는 설렘과 흥분을 느꼈다. 물론 카페에 걸린 작품들은 마치 보도사진처럼 카페의 일상을 담은 내용이 압도적으로 많았다. 에두아르 마네의 〈카페에서〉, 반 고흐의 〈카페〉, 피카소의 〈압생트 술병〉, 위트릴로의 〈카페 라팽 아질〉, 르누아르의 〈물랭 드 라 갈레트에서의 무도회〉, 로트레크의 〈물랭루주에서〉, 〈카페에 앉아 있는 빈센트 반 고흐〉, 〈술 마시는 여자〉, 〈춤추는 여자〉 등등 이곳을 담은 그림은 헤아릴 수 없을 정도다.

하나의 거리, 하나의 장소가 이토록이나 사람들의 생애를 붙들었던 경우가 또 있을까 싶다. 그들은 이곳에서 먹고 마시고 일하다가 가까운 몽마르트르 묘원에 묻히는 것이 소원이었다. 그래서 몽마르트르는 지난 세기 예술가들의 필모그라피이고, 그들의 영혼이 밤이면 내려와 꽃으로 피어나는 화원이다.

생말로를 아시나요

바람과 햇살이 묻는다
어디를 그리 분주히 헤매다가 이제야 왔느냐고
영원히 살 것처럼
어디를 향해 그렇게 바삐
가다가 이제 멈춰 섰느냐고

여기 모래밭에 누워서
파도의 오고 가는 소리를 한번 들어보라고
바람의 향기, 땅의 냄새를
맡아보라고

그리고 물끄러미

노을 속의

낡은 여행 가방을 바라보라고

물을 건너오는

늦은 저녁 종소리를 들어보라고

이 프랑스의 바닷가

귀로지향歸老之鄕에서

인생의 짐일랑 잠시 내려놓고

그대의 정신이 물살에 풀리고 해체되어 떠내려가는 것을 바라보면서

그 물과 바람이 내는

해인연가海印戀歌에 귀 기울여보라고

나는 여행을 하면 다소 격하게 일정을 잡는다. 몸아, 네가 이기나 내가 이기나 보자는 식이다. 이 습관은 나이 들어도 좀체 바뀌지 않는다. 어떤 이는 나의 이런 여행 습관이 좁은 공간에서 유년 시절을 보낸 탓이라고 했다. 일종의 복수심리 같은 것이라는 것. 맞는 말 같기도 하다. 나는 도시의 끝에서 끝까지 걸어서 삼십 분이 걸릴까 말까 한 좁은 곳에서 유년 시절을 보냈다. 그래서일까. 내 무의식의 또 다른 자아는 땅을 밟을 수 있을 때 최대한 넓게 많이 밟으라고 충동질해댄다. 어린 시절 공간 체험의 결여를 어른이 되어 메우고 싶어 하는 심리인 것 같다. 그러다 완전히 녹초가 될 때쯤 하루를 비우고 푹 쉬어준다. 그럴 때는 아무래도 한산한 휴양지를 찾게 된다. 격한 여행의 뒤끝에, 생말로 역시 그렇게 해서 만난 곳이다. 거기서 나는 쉬는 법을 배웠다. 특히 나이 들어서 쉬는 법을.

기차에 흔들리며 벌판을 지난다. 인상파의 그림 속인 양 여기저기 쌓아놓은 건초 더미들이 빠르게 지나쳐 간다. 멀리 지평선 너머로는 무지개가 펼쳐져 있다. 일망무제로 확 트인 목초 지대를 보니 가슴이 시원해진다. 도시인들은 너나없이 공간 가난에 시달린다. 칸막이와 칸막이 사이에서 시야는 차단되고 반경은 줄어든다. 특히 코로나19로 공간 가난은 공간 극빈으로까지 치달았다. 이동 공간의 제한으로 심리적 유폐를 겪은 것이다. 오랜만에 무한 확장되는 자연 공간 속에서 자연이 주는 위로와 기쁨과 평안이라니.

예나 지금이나 질주하는 문명에 우수의 그림자를 던지는 사람은 많았다. 장 자크 루소는 "도시는 문명의 가래침, 자연으로 가라"라고 외쳤고(그는 평생 도시에 살았다), 웬델 베리는 "컴퓨터가 혁신이라면 컴퓨터를 하지 않는 것 또한 혁신이다"라는 말과 함께 대학교 수직을 그만두고 산으로 들어갔다(그 역시 산 생활을 하면서도 도시로 강의와 출장을 다녔으며, 저서 출간도 게을리하지 않았다).

그러나 뭐니 뭐니 해도 이 분야의 대표주자로는 호숫가에 작은 나무 집 한 채 짓고 재가승 같은 삶을 살며 자발적 가난과 작은 삶을 실천한 헨리 데이비드 소로를 들 수 있겠다. 같은 무소유를 주장했던 법정 스님마저 그의 자전적 책 《월든》만은 마지막 소유로 손에서 만지작거리며 놓지 못했다고 한다. 여기까지일까. 미국판 〈나는 자연인이다〉의 원조 지식인인 시인 존 무어를 빼놓을 수 없다. 그는 백인이지만 북미 인디언의 마지막 후예처럼 산에서 살며 그 속에서 시로 우주와 자연을 노래했다. 훗날 대통령이 된 시어도어 루스벨트가 소문을 듣고 산속의 그를 찾아왔다. 수백 년 된 나무를 배경으로 사진을 찍으며 그들은 이 신의 정원을 지키기로 약속했다. 루스벨트가 권력을 잡고 나서 이 약속은 지켜졌다. 미국에서 사백여 개에 달하는 자연국립공원이 탄생한 배경이다. 시詩가 정치를, 그것도 바른 시각을 가진 정치를 만나자 이토록 위대한 역사의 서막이 열렸다.

어머니와 아내를 같은 날 떠나보내야 했던 루스벨트는 어머니와 아내의 품 같은 대자연 속에서 위로받으려 했고, 실제로 많은 치유를 경험했다. 시인 무어와 3박 4일 동안 야영하면서 깊은 동지애적 결속도 다졌다. 그는 무엇보다 창조주로부터 물려받은 자연을 잘 쓰고 후손들에게 넘겨주어야 한다는 소명감이 투철한 사람이었다.

자연국립공원을 세운 것은 빛나고 화려한 업적으로 보이지는 않지만, 어찌 보면 그의 정치적 위업 중에서 가장 탁월한 것이라고 할 수 있다.

쉼 없이 헤집고 다녔던 격한 여정의 일정을 나는 이제 이곳 한가한 바닷가 생말로에 풀어놓고 물소리 바람 소리 속에 나를 뉘인다. 이곳에서 며칠 쉬고 나면 다시 영국과 아일랜드와 이탈리아로 떠나야 한다. 떠나기 위해서는 일단 쉬어야 한다. 자연 속에서 무방비 상태로 심신을 풀어헤칠 수 있는 진정한 휴식이 따라주어야 문명 속에서의 격한 일정을 소화해낼 수 있다. 적어도 나의 경우엔 그렇다.

파리를 떠나오기 전, "세상에서 가장 쉬기 좋은 곳은 어디일까요?"라는 약간 바보 같은 질문을 했다. 완전히 녹초가 될 정도로 지쳐 있었던 것이다. 프랑스에서 오래 산 지인은 "세상에서 제일"이라면 그건 바로 "집"이라고 했다. 이어서 두 번째를 추천하라면 "생말로"라고 했다. "해수온천한다는 곳 말이죠? 거긴…… 노인들 휴양지 아니던가요?" 그는 웃으며 슬쩍 치고 들어왔다. "선생님도 젊지는 않죠!"

그렇게 해서 떠나온 생말로. 무엇보다 내가 있던 파리에서 멀지 않은 것이 가장 좋은 점이었다. 시장 바닥처럼 붐비는 리옹 역에서, 그러나 유레일패스 덕에 안락한 좌석에 앉아 찾아온 생말로는 내리고 보니 지나치게 한적한 시골이었다. 밤이 되었는데 택시를 잡을 수 없었다. 드문드문 불빛이 보일 뿐, 적막강산이었다. 아무리 기다려도 오지 않는 택시를 포기하고 예약한 호텔에 전화하니 마중을 나오겠단다. 한참 기다리니 승용차 한 대가 역 앞 택시 정류장으로 나왔다.

창밖으로 마을의 불빛이 드문드문 건너다보이는 호텔에 여장을 풀자마자 깊은 잠에 빠져들었다. 밤새 어디선가 웅얼거리는 소리 같은 것이 들려온다 싶었는데, 아침에 일어나보니 창을 닫지 않고 잔 탓에 어렴풋이 들려오는 파도 소리였다. 식당으로 내려가니 온통 머리들이 하얗다. 노부부들이 식사를 하다가 낯선 동양인을 향해 주름살 가득 웃음을 지어 보인다. 노년이 되면 될수록 정이 그리운 것일까? 관계의 긴장이 모두 해체된 채 해맑게 짓는 저 미소. 그 순간, 두려움 없이 저렇게 나이 들어간다면, 외로움 없이 내면의 꽃을 화사하게 피우며 늙어간다면 좋겠다는 생각을 하게 된다.

아침을 마치고 느리게 방파제를 걷는다. 그새 물은 빠져나가고 제방을 따라서 물에 잠긴 키 큰 목책들이 마치 설치미술 작품처럼 서 있다. 김승옥의 소설 〈무진기행 〉이 생각나는 구도다. 한없이 뻗은 산책로에서 스치는 이들 역시 노인들이다. 호텔마다 거의 바닷물을 끌어들인 해수온천이 있어서 이곳은 노인들의 최고 휴양지가 되었다고 했다.

잔잔히 불어오는 바람이 달다. 아, 이 휴식의 달콤함이라니. 나는 그동안 쉬는 법을 몰랐다. 어디 나뿐이랴. 내 또래 한국인이라면 너나없이 그럴 터이다. 이곳에 머물며 나는 시간의 여백을 바라본다. 비로소 쉬는 법을 배운다. 추사 김정희 선생은 길고 오랜 유배 생활에서 돌아와 과천에 초당 하나를 짓고, 과천의 글 농사 짓는 농부라는 뜻

으로 스스로 '과농_{果農}'이라는 호를 지었다. 그리고 '귀로지재_{歸老之}
_齋'라는 글을 써서 현판에 새겨 달았다. 쉽게 말해, '노년에 돌아온
집'인 것이다. 누구에게나 젊을 때는 사처_{四處}로 바람처럼 헤매다
가도 나이 들면 돌아와 쉴 집과 누울 처소가 필요해진다. 인생이 여
행 자체이기에 여행자라고 다를 리 없다. 생말로는 그런 면에서 행
려_{行旅}의 길에서 만난 내 생애 또 하나의 귀로지향인 셈이다.

바닷가 휴양도시 생말로

유럽인들이 가장 선호하는 휴양지 중 하나라는 생말로는 몽생 미셸과 함께 둘러보는 코스로도 이름 높다. 교통편으로 가장 많이 이용되는 것은 리옹 역에서 출발하는 기차를 들 수 있는데, 중간에 오래된 성당이 하나 있는 몽생 미셸을 둘러본 후 다시 생말로행 늦은 기차를 탈 수도 있다. 원래 고립된 수도원으로 유명한 외딴 섬 몽생미셸과 달리 생말로는 관광지와 휴양지로도 이름이 높다. 해수를 실내로 끌어들인 온천 호텔들이 모여 있고, 방파제를 따라 일직선으로 난 바닷가 길을 삼사십 분 걸어가면 긴 성벽과 함께 올망졸망한 상가들이 나온다. 성수기를 피해 1~2월에 가면 저렴하게 숙박할 수 있는데, 우리나라의 이른 봄 같은 날씨의 이 시기에는 특히 노인들의 계절이라고 할 만큼 노년 관광객, 투숙객들이 많다.

에트르타, 거대한 풍경 그리고 작아지는 붓

고교 시절 국어 선생님은 시인이었다. 선생님은 교내 백일장에서 장원을 한 나를 불러놓고 당부했다. "사물에 주인이 있는 것처럼 말에도 주인이 있다. 그러니 앞으로는 언어를 고를 때 주인이 있나부터 살펴라. 국화는 서정주 것이니 근처에도 가지 말아라. 나그네는 박목월의 것이니 손대지 말아라. 진달래? 소월이 주인이다." 그 후로 그림을 그릴 때면 혹 주인이 있나 살피게 된다. 아닌 게 아니라 그림에도 조각에도 주인이라 함 직한 목록이 있다. 사과는 세잔, 수련은 모네, 해바라기는 반 고흐다. 새우는 치바이스요, 말馬은 쉬베이훙이다.

에트르타로 가는 승용차 안에서 나는 미술평론가 K에게 이 에피

소드를 이야기해주었다. 그리고 물었다. 에트르타의 그 기암절벽에
도 주인이 있는가, 라고. 온갖 풍상을 다 겪은 듯한 하얀 절벽과 그
아래로 감아 도는 물과 석양을 담은 그림들을 미술관이며 책에서
몇 번 본 적 있었기 때문이다. 하지만 언뜻 에트르타의 대표 화가라
할 만한 이름이 떠오르지 않았다. "많은 화가가 그렸지만 아무래도
모네의 에트르타가 가장 많이 알려져 있지 않나 싶습니다." K가 말
했다. "그는 수련이나 루앙 대성당을 그릴 때처럼 에트르타 가까이
에 숙소를 잡아놓고 일출부터 일몰까지의 다양한 모습을 수없이 그
렸으니까요."

그랬을 것이다. 그 빛의 사냥꾼은 볏짚단에서도 성당 건물에서도
수련에서도 오브제에 떨어지는 빛의 미묘한 변화와 그 빛의 반사에
따라 달라지는 색채에 사로잡혀 있었다. 그래서 성당은 푸른색이다
가 분홍빛이다가 안갯속에 서 있듯 몽롱하게 바뀌곤 했다. 그런 면
에서 하얀 공룡 화석같이 서 있는 에트르타의 절벽과 그 밑을 감아
도는 물결은 그에게 아주 매혹적이었으리라.

184

그런데 왜 모네의 에트르타는 내게 선명하게 남아 있지 않을까. 아마도 대상이 가지고 있는 극적 형상이 너무 강렬했기 때문이었을 것이다. 허다한 인상파 화가들이 에트르타에 매혹되어 다가갔지만 막상 허구가 실재를 못 따라가기 태반이었다. 그것은 빼어난 미인을 화폭에 담았을 때와 비슷한 현상 같은 것일 터. 어쨌든 모네는 수많은 에트르타를 그렸지만, 그의 대표작은 수련과 루앙 대성당으로 남아 있다.

드디어 차가 저만치 있는 에트르타를 바라보며 선다. 바닷가의 작은 카페에 들러 커피 한 잔을 마시는데 가슴이 조용히 고동쳐왔다. 마치 옛 화가와 대결하는 것 같은 느낌이다. 천천히 스케치북을 꺼내 들고 밖으로 나가 그 모습을 담아본다. 어림없다. 그 거대하게 압도하는 풍경은 좀체 자신의 모습을 내보이지 않는다. 몇 장 그려보아도 그 위용이나 기운이 옮겨지지 않는다.

아, 이 재주 없음이여. 화폭에서 끈질기게 '빛'을 파고들었던 모네나 '시간'을 붙잡고 싶어 했던 세잔, '형태'를 부수고 세우고 다

시 세우기를 반복했던 피카소. 그들에게도 이런 좌절의 순간이 있었을까. 아마 수없이 많이 지나갔을 것이고말고.

　에트르타 그리기를 포기하고 허름한 레스토랑에 들러 시장기를 달래는데 신기하게도 홍합이며 생굴 같은 메뉴가 있다. 마치 우리나라 남쪽 어느 어촌에라도 온 느낌이다. K와 와인 한 병을 놓고 잔뜩 쌓아 올려진 홍합에 마른 빵을 씹는 기이한 조합의 식사가 시작됐다. 오늘 나의 에트르타 그리기는 사물의 거대성 앞에서 자꾸만 작아지는 나의 붓이 완패당한 형편. 음식 맛마저 씁쓰름했다.

　먹기를 마친 후 에트르타의 부드러운 능선을 따라 올라가니 오래

되고 작은 교회당 하나가 보인다. 현실이 그림이 되는 순간이다. 풀밭에 누워 모처럼 귀에 가득 차 오는 바람 소리, 물소리를 듣는다. 문득 작고한 소설가 C가 썼던, 원고지에 만년필을 찧고 싶은 순간들마다 '쓰지 않고 사는 사람은 얼마나 행복할까' 하고 생각했다는 구절이 떠오른다. 오늘 호락호락 곁을 주지 않은 에트르타로 인해 그이와 비슷한 생각의 근처에까지 갔다가 되돌아온 느낌이었는데, 어느새 그 무거운 기분은 씻어지고 없다.

서서히 에트르타의 바다로 노을이 진다. 하늘이 주홍빛으로 피어오르는가 싶더니 물은 순식간에 그 주홍빛을 받아내며 수채화처럼 푸른색과 섞여들고, 보랏빛 구름들은 빠른 속도로 이동한다. 보고 있노라니 빨려 들어갈 듯하다. 물감을 가지고 오지 못한 게 후회스럽다.

그리는 본능을 타고난 자는 그려서 성공할지 앞뒤를 재지 않는다. 특히 풍경이 황홀할수록 마음이 급해진다. 에트르타는 그런 면에서 어느 미학자가 지적한 대로 '유혹하는 주체'다. 매혹당한 화가들은 이길지 질지 생각하지 않고 그 주체에 다가간다. 오늘 행려의 나 또한 그랬다.

문득 원·명 대의 산수화 명인들이 이 에트르타를 수묵화로 그렸다면 어떤 모습이었을까 생각해본다. 아니, 조선 시대 정선이 이 앞에 왔다면 필묵을 움직여 어떻게 해석해냈을까. 그의 파도치는 듯한 금강산 그림이나 거대한 암벽의 인왕산 그림이 떠올랐기 때문이다. 그때 화두처럼 머릿속으로 한 가닥 생각이 지나갔다. 형상에 사실寫實로 다가가지 마라. 그러기 위해서는 눈을 따라가지 말고 존재가 '거기 있음'만 인식하라. 형상이 압도적이고 장엄할수록 거기 끌려가지 말고 기죽지 마라. 상상력을 동원해 다시 지어라. 인간이 신을 닮은 위대성은 거기서부터 발현되어지리라. 에트르타가 미술학교의 실습장이 되는 순간이다. 사물이 아름다울수록 '자기 포기'가 먼저여야 된다는 이치. 생각해보면 어찌 그림에서뿐이랴.

188

노르망디 에트르타

화가와 문학가들이 사랑했던 에트르타는 파리에서 차로 세 시간쯤 거리에 있다. '코끼리 바위'로 불리는 바닷가의 하얀 절벽과 자갈 해변, 그리고 일출과 일몰의 모습이 장관이어서 예술가들이 글로 그림으로 많이 표현했다. 19세기 소설가 알퐁스 카가 "처음으로 바다를 보여줘야 한다면 그것은 에트르타"라고 했을 만큼 아름다운 풍광을 자랑한다. 기 드 모파상이 이름 붙였다는 코끼리 바위는 무려 백 미터 가까운 석회암 절벽이다. 앙드레 지드가 이곳에서 결혼식을 올리고, 《몬테크리스토 백작》을 쓴 알렉상드르 뒤마는 한동안 이곳 작은 마을에 머물렀다. 빅토르 위고, 마르셀 프루스트, 작곡가 오펜바흐도 이곳에서 예술적 영감을 받았다. 화가로는 이 지역 출신의 부댕과 들라크루아, 귀스타브 쿠르베, 마티스 등이 에트르타를 화폭에 담았다. 특히 근처 르아브르에서 어린 시절을 보낸 모네는 〈에트르타 절벽의 일몰〉 등 연작을 그렸다.

슬프도록 아름다운 검은 몸의 춤

햇살 좋은 날 '높은' 퐁피두 미술관을 둘러보고 내려오면 '낮은' 곳에선 질펀한 놀이 문화들이 엮어진다. 나는 그곳에서 무언극으로 진행되는 흑인 청년의 댄스를 봤다. 아프리카 전통음악에 맞춘 독특한 일인 댄스였는데, 마치 슬로비디오를 연상시키는 듯한 느린 동작의 그 춤은 슬프도록 탐미적이었다. 흑인의 고통스러운 역사와 삶이 마임과 댄스를 결합시킨 무도 형태로 청년의 몸매를 타고 내게 전율처럼 전해져 왔다. 아프리카 대륙의 삶과 역사가, 기쁨과 한이 고스란히 흘러나왔다. 그런 점에서 청년의 몸은 외로운, 그러나 빛나는 악기였다. 그 몸은 자본주의의 마당에서 "보아라. 장엄한 우리 땅의 역사를, 노래를, 그리고 광휘를!" 하고 말하는 것 같았다.

퐁피두 미술관 사, 오 층에 진열된
수천억 원대를 넘나든다는 고가의 예술품들과 땀 흘리는 고뇌의 한
동작 한 동작 후에 던져지는 동전 몇 닢의 값싼 예술 사이에서 나는

인간의 혼과 예술의 높고 낮음을 조소했다. 육체가 마치 무기물이나 조작된 기계처럼 기막히게 움직이며 이어지는 그 댄스는 아프리카인이 쓴 몸의 시詩였다. 통곡의 역사를 안으로 삭여 넘기는 아프리카인의 소리 없는 창唱이었다.

고급 문화의 전당인
퐁피두 광장에서 벌어진
흑인 청년의 춤은
그런 의미에서 너무도 아름다워서
차라리 슬픈 것이었다.
급으로 치면 고급 중에서도
상고급이었다.

강江의 전설

새벽 3시, 조금만 울게요

여기는 뉴욕, 하고도 맨해튼.

밀려온 밤 안갯속에 풀리는 불빛들. 신호등을 기다리며 두 사내가
　이야기를 나눈다. 한 사내가 흘낏 이쪽을 본다.

순간 유리창이 박살 나고 사방으로 튀기는 피.

누군가는 미친 듯 소리를 지르는데

하얀 시트와 걸어놓은 와이셔츠와 시들어가는 노란 꽃과 천장에까지

사방으로 튀기는 핏방울

구사마 야요이가 함부로 뿌린 붉은 점들과도 같다.

뉴욕의 첫 밤은 늘 이렇게 어지러운 꿈으로 뒤숭숭하다.

뉴욕으로 오세요.

그 자유의 공기를 심호흡해보세요. 영감을 받을 거예요. 그러다 중
　독될지도 모르죠.

어쩌면 숭배하게 될지도. 여기는 뉴욕교의 이교도들이 모여드는 곳
　이기도 하니까요.

특히 영화광들의 천국이죠.

개인적 우울? 슬며시 사람들 사이에 섞여

무작정 그 흐름을 따라 걸어보세요.

화성까지 닿을 듯한 그 빠른 걸음들 속에 섞여 있다 보면

하루 담배 열다섯 개비보다도 위험하다는

우울과 고독일랑 그야말로 연기처럼 사라져버리죠.

낙서 박물관같이 어지러운 거리의 그래피티 사이를 걷고

심야의 지저분한 브루클린행 기차를 타보세요. 그러면 정화되는 걸
　느끼게 되죠.

하지만 그 뉴욕에 와서

낡은 호텔 구석 침대에 누워

이곳은 위험해, 나는 폐허 같은 광야에 내팽개쳐져 있어.

깜빡 잠이 들었는데

이번엔 우르르 쾅쾅, 그리고 여인의 흐느낌

그 위로 덮치는 고함 소리와 함께 묵직한 무언가를 집어 던지는
  소리.

어디선가는 흑인 여자의 소리인 듯 찢어진 재즈 가락이 들려온다.

너무 싼 호텔만을 찾은 내 잘못이야,

월도프 애스토리아쯤 묵어보는 건데. 벽의 낡은 시계는 새벽 3시.

벽 저편에서 여인의 흐느낌은 계속되는데, 조금만 더 울어도 될까
  요, 라고 묻는 것 같다.

한 번에 한 알씩만이라는 문구의

하얀 알약 두 알을 털어 넣고서야

비로소 혼곤한 잠 속에 빠져든다.

꿈과 현실이 뒤죽박죽되면서 뉴욕에서의 한밤은 그야말로 영화처
    럼 흘러간다.

그럼에도 불구하고 아침은 명랑하다. 그리고 분주하다. 어느 혹성
    에서 쏟아져 나온 신인류들인지 거리에는 넥타이 단정히 매고 가
    방을 든 사람들로 가득하다.

여름이 가는가. 열어놓은 창으로는 바람이 서늘하다.

아침 식사 시간에 뒤숭숭한 어젯밤 얘기를 했더니

나를 초대한 갤러리 남자는

토스트의 양면에 알밉도록 천천히 버터를 바르며 말한다.

갱 영화를 너무 많이 보셨군요. 〈대부〉, 〈갱스 오브 뉴욕〉 그렇죠?

하지만 〈뉴욕의 가을〉이나, 〈러브 인 맨해튼〉, 〈세렌디피티〉 같은
    영화는 못 보신 거죠. 여기처럼 안전하고 흥분되는 곳도 없죠.

한마디로 여기는 영화 같은 도시랍니다. 삶이 영화고, 영화가 삶이
    라니까요.

메츠(메트로폴리탄 미술관)가 나오는 영화에는 메르메르 전시실에서
    그냥 두 남녀가 만나는 것으로 시작된답니다. 따로 세트장이 필
    요 없어요.

카메라만 들이대면 어디든 영화가 된다니까요. 도시 자체가 필모죠.

새벽 3시에 옆방 여자가 흐느꼈다고요?

아쉽군요. 스탠리 큐브릭이었으면 그것만으로도

예술영화 한 편 만들어냈을 텐데.

다시 말씀드리지만 뉴욕은 그 자체가 움직이는 필모그라피예요. 우리네 인생도 마찬가지 아닌가요. 더구나 여기엔 투자자와 자본이 몰려 있어요. 영화는 그 위에 핀 꽃이죠.

허드슨강을 따라 걷다가 벤치에 앉아 건너편 빌딩 위로 지는 낙조를 바라본다. 러시아 출신으로 뉴욕으로 건너와 뉴요커로 살다가 뉴요커로 죽은 작가 아인 랜드는 뉴욕에 반했던 여자다. 세상의 어떤 아름다운 낙조와도 뉴욕의 스카이라인을 바꾸고 싶지 않다고 했을 정도였다니. 한 해에 천만 명이 넘는 사람이 찾아온다는 도시. 이 빌딩 숲에 사람들이 그토록 몰려드는 이유는 무엇일까?

뉴욕은 영화의 메카로 부상한 지 오래여서 많은 영화 애호가가 마치 답사 여행을 하듯 영화 속 장면을 찾아다니기도 한단다. 영화 〈대부 3〉의 알 파치노 저택이 있는 어퍼이스트사이드 맨해튼에서부터 〈어거스트 러쉬〉의 워싱턴 스퀘어 파크. 그리고 수많은 영화의 생생한 무대가 된 월스트리트. 센트럴파크의 보 브리지를 배경으로 한 중년 신사 리처드 기어와 미모의 여대생 위노나 라이더의 〈뉴욕의 가을〉. 올드 팬의 향수를 자극하는 〈러브 어페어〉의 무대 엠파이어 스테이트 빌딩 전망대도 영화 마니아들의 필수 코스다. 그리고 뉴욕의 크리스마스와 화려한 백화점 블루밍스데일과 사랑이 얽히며 이루어지는 〈세렌디피티〉. 그 목마르고 달콤한 뉴욕풍 사랑 이야기는 실제로 1954년에 세워진 어퍼이스트사이드 맨해튼의 레스토랑 이름을 영화 제목으로 삼았다. 생전에 재클린 케네디와 매릴린 먼로가 자주 찾았던 곳이기도 해서 더 유명하다고 했다.

전쟁을 겪지 않은 도시여서 그럴까. 뉴욕의 영화는 극적 파국과 황폐함보다는 로맨틱 코미디 계열이 많다. 그것이 잘 알려진 장소와 관련되면서 우연과 극적인 만남 같은 것이 자연스레 이어진다. 그렇게 잘 알려진 장소들을 통해 데자뷔 효과를 내면서 마치 한 편의 소설이나 에세이처럼 풀어 나가는 것이다. 거의 한 거리 건너마다 있는 박물관과 미술관, 브로드웨이와 소호, 첼시, 웨스트사이드와 브롱스, 할렘을 거느린 뉴욕. 그야말로 다양하고 거대한 세트장

이라 할 만하다. 그 위에 시나리오 작가가 스토리의 얼개로 지붕만 덮으면 영화가 될 정도다. 영화가 인생이고 인생이 곧 영화라는 말이 맞는다면 뉴욕은 사랑하지 않을 수 없는 도시다. 영화 같은 인생, 인생 같은 영화 그 자체이기 때문에.

바닷가 미술관

그 미술관이 그곳에 있을 줄이야. 꼭 한 번 가보고 싶었던 그 미술관은 바닷가 작은 해안 도시에 있었다. 오하라미술관. 일본 근대 미술, 특히 서양 미술 수용기의 가장 중요한 미술관으로 꼽히는 오하라미술관은 뜻밖에도 도쿄나 오사카 같은 대도시가 아닌 한적한 일본 남쪽의 작은 항구 도시 구라시키에 있었다. 옛날에 〈문예춘추〉나 〈미술수첩〉 같은 잡지에서 이 미술관의 컬렉션에 대한 기사를 많이 봐왔던 나는 그 엄청난 작품의 질과 규모로 보아 미술관이 당연히 도쿄 같은 대도시에 있으려니 생각했다. 그런데 우리로 치면 통영 정도 규모의, 그러나 그 아름다움으로 말하면 통영에는 못 미치는 작은 항구 도시에 그 세계적인 미술관이 서 있었다.

그렇다고 이상할 것까지야 없지만 일반적인 통념을 깨는 것만은 분명했다. 그만큼 오하라미술관은 일본 최초의 서양 미술 중심 사립 미술관으로 명성이 높다. 미술관 티켓을 손에 쥐고도 나는 그 오하라가 이 오하라인가 의심했는데, 건물마저도 자자한 명성에 비해 외관이 옛 모습 그대로 소박한 데다 노후한 채였기 때문이다. 내가 구라시키에 갔던 때 미술관은 마침 창립 팔십 주년 기념 특별전을 열고 있는 중이어서 중요 소장품들이 거의 망라되다시피 나와 있었다. 엘 그레코, 로댕, 고갱, 마네, 모네, 마티스, 르누아르, 미로, 클레, 칸딘스키, 피카소 등 그야말로 '교과서 미술'이 다 망라되어 있는 느낌이었다. 참으로 인상적이었던 것은 작가마다 최고의 걸작품으로 꼽힐 만한 작품들이 걸려 있다는 점. 같은 작가의 작품 중에도 수작이 있고 타작이 있는 게 일반적인데 오하라 컬렉션은 한결같이 높은 수준을 유지하고 있었다. 어떤 빼어난 안목을 지닌 사람이 작가의 스튜디오를 직접 방문해서 골라 온 것이 아닐까 싶은 생각이 들 정도였다. 그 느낌은 적중했다. 자료를 보니 구라시키를 기반으로 사업을 해서 돈을 모은 사업가 오하라 마구사부로와 한 화가 친구 사이 우정의 결실이 그 미술관이었던 것이다.

마구사부로는 평소 후원해온 화가 친구 고지마 도라지로가 파리에 가서 공부할 수 있도록 주선했고, 그가 유럽에 체류하는 동안 물심양면으로 후원했을 뿐만 아니라, 그의 안목으로 당대 유명한 화가와 조각가들의 작품을 수집해달라고 부탁했다. 그런 한편 자신은 일본의 근현대 일본화 작가들과 서양화 작가들의 작품을 부지런히 수집했다. 뿐만 아니라 중국 미술, 멀리는 이집트 미술품을 수집하는 데까지 열정을 기울여 훗날 극동의 작은 오하라미술관이 대영박물관이나 루브르 미술관에 견줄 수 있도록 컬렉션의 폭을 넓혀갔다.

도라지로가 유럽에 머무르는 동안, 두 사람 사이에는 무수한 서간이 오고 갔을 것이다. 그러나 그 어디에도 견해를 달리한 흔적 같은 것은 보이지 않는다. 훗날 오하라는 도라지로를 위한 전시를 몇 차례나 기획해서 헌증했고, 도라지로는 자신의 작품과 수집해온 최고의 작품들로 그에 답했다.

미술관 건너편에는 오하라가 살았던 생가가 있다. 옛 모습 그대로의 단아한 일본식 가옥은 그가 심은 듯한 소나무들이 일품이다. 도쿄 메구로의 일본민예관 옆에 그 미술관을 세운 야나기 무네요시의 생가가 있는 것과 같았다. 미술관 앞은 그 유명한 미관거리. 맑은 물이 흐르는 작은 운하에선 뱃사공이 노를 저어간다. 이런 분위기 때문일까. 비록 서양 미술 중심의 미술관으로 알려져 있지만 오하라미술관은 인상주의 미술품까지도 일본적 정서 속에 자연스럽게 녹아드는 느낌이었다. 내가 관람하던 날에도 많은 관람객이 그곳을 찾아왔는데, 특히 유럽 등 외국인 관람객이 많은 것이 인상적이었다. 구라시키는 오사야마 현의 작은 항구 도시다. 그러나 지난 한 세기 가까이 실로 헤아릴 수 없이 많은 사람이 그곳을 찾았고, 지금도 찾고 있다. 아름다운 우정으로 꽃피워진 바닷가의 한 작은 미술관을 보기 위해서.

가나자와, 눈의 나그네

그곳은 흑과 백의 도시.

검은색은 땅에 있고 흰색은 하늘로부터 내려와 섞이지.

흰색은 부드럽게 내리고, 검은색은 그 흰색을 종교처럼 고귀하게
　받아내.

흑과 백이 이토록 고요하게, 평온하고 그윽하게 만나는 장면을 어
　디에서 또 볼 수 있을까.

이 세상 모든 강한 것들이 약하고 어린 것들을 하늘로부터 내리는
　눈처럼 그렇게 맞을 수만 있다면.

무어니 무어니 해도 가나자와에서는 오래된 검은 기와지붕 위에 내
　리는 소담한 흰 눈을 바라볼 일이야.

할 일은 이것밖에 없다는 듯, 하릴없이 바라볼 일이야.

바라보고 바라보노라면 그 흰색은 이윽고 퍼져서 어지러운 마을 자
　리까지 차게 화안하게 해주지.

가나자와의 눈.

어떤 도시에는

낮에도 별이 떠오르고 한겨울에도 꽃이 핀다지

가끔은 늑대 울음 속에 붉은 달이 떠오르는

사막으로 가는 사람들도 있어.

그런데 가나자와에서는 전설처럼 사철 눈이 내려

설마.

물론 겨울 하나를 빼고 나면 나머지 세 계절이야

환영 속에 내리는 눈

이곳을 사람들은 구스타프 클림트가 칠한 것 같은 황금색 도시라
　한다지만

천만의 말씀.

내가 보기에는 흑과 백의 도시야.

멀리 북쪽으로 가던 눈이 문득 방향을 틀어서 하얀 나비처럼 접었
    다 폈다, 이 천년의 도시 검은 기와 위에 내려앉는 것이지.

반가운 손님처럼 그렇게 백은 흑을 만나는 것이야.

무채색의 동화처럼 그렇게.

이곳에 오백 년 지나도록 전쟁이 없었다는 것은 흑백의 조화가 가
    르쳐주어서인지도 몰라

한겨울 호텔 로비에 앉아

하염없이 그 눈의 풍경을 바라보아

단아하게

수직으로 내리는 그 눈은 어느새

살갗에 닿는

기분 좋은 차가움.

입속에 넣는 스시 한 조각에도

어느새 살짝 묻어오는 그 차가운 향香

가나자와로 가는 가방을 챙길 때

누군가는 말했어,

거긴 작은 교토라고

하지만 파블로 네루다도 썼잖아.

키스는 키스, 한숨은 한숨.

교토는 교토, 가나자와는 가나자와

물론 담장 너머

어디선가 금박장이의 작은 망치 소리가 고즈넉하게 들려오기도 하

　　지만.

그 소리에서도 길을 잃고 우왕좌왕하거나

사선으로 내리는 법 없이

마냥 우아하게 내리는 눈

가나자와의 눈.

온 천지에 내리는 가나자와의 눈은 분분히 날리는 다른 곳의

눈과는 다르고말고.

가나자와 성 성곽의 물길을 감아 돌며 천천히 걸을 때
흐르는 물 위로 내리는 눈. 흡사 화롯불에 내리는 눈꽃처럼
그렇게 흔적도 없이 기꺼이 사라지는 모습들.

그러다가 홀연히 도시를 떠나가는 눈.
어디에도 눈은 흔적이 없고 푸르고 높은 하늘은 더 멀고 아득해져
인생도 그럴 수만 있다면
곱게 왔다가
흔적도 아쉬움도
눈물도 없이
그럴 수만 있다면, 헤어짐에도 미련 없이
그럴 수만 있다면, 그럴 수만 있다면
가나자와의 흰 눈과 검은 기와가 서로 만나고 떠나보내듯.

가나자와, 금택金澤

흔히들 '작은 교토'라고 부르는 곳. 금박 공예로 유명해서 '황금의 도시'라고도 한다. 일본 이시카와 현의 현청 소재지다. 동해 연안의 평야와 산지가 이어지는 곳에 있으며, 시내에 두 개의 큰 강이 흐른다. 연평균 기온은 14.4℃, 일 년에 해를 볼 수 있는 날이 불과 이십 일 안팎에 불과하다. 특히 눈이 많이 내리는 곳으로 유명하다. 메이지 유신 직후까지 일본의 5대 도시의 하나로 꼽혔으나, 이후 소도시화되었다. 금박과 견직, 염색 등 공예 도시로 명성이 높다. 대표적 명승지로는 가나자와성과 일본 3대 정원의 하나로 꼽히는 겐로쿠엔이 있다. 또한, 2004년 개관한 21세기 미술관은 이 유서 깊은 전통 도시에 현대적 미감을 불어 넣으며 명소가 되었다. 삼백 년 가까이 된 오메초 시장은 '가나자와인의 부엌'으로 불리는데, 특히 가까운 바다에서 잡아 온 싱싱한 생선들로 즉석에서 회를 떠줘 관광객들이 많이 찾는 곳이다.

베이징, 라오서차관

라오서차관, 우리말로 노사다관老舍茶館은 차와 간단한 다과를 곁들이며 중국 전통음악과 여흥을 즐길 수 있는 베이징의 명소다. 오래전 한·중 화가 교류전의 일환으로 한국 화가 십여 명이 저녁 식사후 찾은 이곳에서 중국의 다양한 전통음악과 마술, 무가 등을 구경할 수 있었다. 장쩌민 전 총서기며 일본의 전 총리 등이 구경 왔다는 사진이 붙어 있는 이곳은 마치 살롱 드라마에서 볼 수 있는 것처럼 여남은 개의 테이블과 백여 석의 좌석으로 꾸며진 유서 깊은 곳이다.

칠십 세 여자 가수가 중국 전통 창을 불렀고 이십 대 여인이 마술을, 오십 대 남자가 전통악기와 풀잎 연주를 선보였다. 이십여 명의

215

개인 연주가 이어진 끝에 밤 9시 정각 폐장했다. 자본주의 사회에서처럼 특별한 연회 무대나 장치가 마련되어 있지 않은 상태에서 관객과 한 호흡을 이룰 수 있는 좋은 분위기였다. 문명이 번쩍여도 고가구처럼 시간의 흐름이 그대로 오늘까지 남아 빛을 더해주는 그 공간을 잊을 수 없다.

원래 집 이름인 '라오서'는 중국의 유명한 문필가 수칭춘의 필명이
기도 하다. 일설에 그가 노벨상 후보가 되었지만 연락이 닿지 않을
정도로 종적이 묘연해져버려서 할 수 없이 일본 작가 가와바타 야
스나리에게 상이 돌아갔다는 이야기도 있다.

'차관茶館'은 라오서의 대표적 희곡 작품 제목이기도 하다. 작가의 아내가 이를 기념하여 격조 높고 수준 높은, 전통 예인들을 위한 소규모 라이브 극장을 꾸민 것이라고 한다. 처음에는 문인들의 사랑방처럼 꾸며졌다가 차츰 공연장 형태로 바뀐 것. 이제는 라오서의 아내도 고인이 되었다.

노사다관에 머물면서 나는 역사의 창 너머로 어제와 오늘을 보았다. 다시 세월이 흘러 내가 앉았던 탁자에는 어느 이방 사람이 찾아와 차를 마실지······.

내 사랑 라틴

문학청년 시절부터 나는 막연하게 라틴아메리카 여행을 꿈꿔왔다. 쉽게 갈 수 없기에 그곳은 더더욱 신비의 땅으로 다가왔다. 내가 좋아했던 시인 파블로 네루다와 작가 호르헤 루이스 보르헤스, 이사벨 아옌데의 고향, 거기에 벽화 운동의 기수인 화가 디에고 리베라와 그의 아내이자 역시 화가인 프리다 칼로가 살았던 곳, 들풀같이 많은 예술가들의 땅인 그곳은 그러나 내게는 매양 푸르스름한 안개 저편 몽환의 땅처럼 손을 뻗쳐도 닿기 어려운 곳으로 느껴지곤 했다. 그러다 급기야 《체 게바라 평전》을 읽고 영화 〈모터사이클 다이어리〉를 본 뒤, 행장을 꾸리게 됐다.

그런데 가보니 라틴아메리카는 열정과 예술적 향기 너머로 역사

의 아픔과 가난의 슬픔을 부둥켜안고 있는 곳이었다. 종종 서방 세
계로부터 비합리적이고 지나친 낙천주의를 가진 대책 없는 곳으로

인식되어온 그곳은, 그러나 도처에 사람 사는 냄새가 물씬했다. 그
리고 무엇보다 자연이 살아 숨 쉬고 있었다.

산업화와 후기 자본주의와 정보화의 강풍이 비켜 간 자리마다 파릇하게 새순이 돋고 물이 흐르고 있었으며, 새소리가 들렸다. 새벽부터 석양이 질 무렵까지 땅을 파고 산등성이를 오르내리는 사람들이 살고 있는 곳. 가난하지만 따뜻한 미소와 맑은 눈을 가진 사람들을 만날 수 있는 곳. 산골 마을의 저녁 짓는 연기 속에 〈엘 콘도르 파사〉와 〈관타나메라〉의 선율이 흐르는 곳. 변함 없이 바다와 땅의 노래를 부르며 하늘에 감사하는 가난한 유토피아.

여름이면 무성하게 생명으로 넘쳐나는 그 땅의 바람과 흙의 내음을 다시 만나고 싶다. 남미의 불타는 태양과 청옥색 카리브해 바다에 풍덩 뛰어드는 듯한 느낌 속으로 스스로 빠져들다 보면 '그래, 인생이란 한바탕 탱고 같은 것이지. 가급적 즐겁게 살아보자' 하며 스스로를 다잡게 된다. 우리에게 생명을 주신 분도 우리가 근심과 슬픔에 젖어 있기보다는 꽃처럼 활짝 피어 아름답게 빛나기를 바라시지 않을까. 남미에서 받아온 낙천적 기운을 화폭에 담아서나마 사람들과 나누고 싶다.

애들은 가라, 부에나 비스타 소셜 클럽

쿠바 음악은 현대 음악의 지류 중 하나로, 많은 뮤지션에게 영감을 주었다. 쿠바의 대표적 음악 장르인 손son과 룸바rumba, 과히라 guajira, 그리고 쿠반재즈cuban jazz는 아프리카와 라틴아메리카의 음악적 혼혈로 꽃핀 장르들이다. 그 안에는 노예들의 눈물과 한이 녹아 있고, 흑인 영가의 장엄함과 비장함이 있으며, 동시에 역동하는 생의 찬미와 열정이 있다. 그렇게 쿠바 음악이 새롭게 대중적 지평을 넓히면서 세계 음악인들을 열광케 한 배경에는 부에나 비스타 소셜 클럽이 있다.

부에나 비스타 소셜 클럽. '음반의 태양을 삼키러 그들이 온다'는 문구만으로는 흡사 십 대나 이십 대 아이돌 그룹 같지만, 사실은 육

223

칠십 대 노인 보컬 그룹이다. 심지어 팔십 대 멤버가 있었는가 하면 구십을 넘긴 멤버까지 있었을 정도다. 그들은 각자 생업을 가지고 일하다가 한 번씩 모여서 음악을 한다는 점에서 아마추어라고 할 수도 있지만, 개인의 면면을 놓고 보면 프로 중에서도 상 프로였다.

낮에는 이발사로 일하고 밤에는 리드 싱어가 되었던 콤파이 세군도, 흡사 연인의 몸을 애무하듯 피아노를 쳤다는 천재 피아니스트 루벤 곤살레스, 구두닦이 영감 이브라힘 페레르(그는 나이 칠십이 넘어 그래미상 신인상을 수상했다). 그리고 아마디토 발데스······. 카네기홀 공연으로 일약 세계적인 그룹으로 부상한 이들은 1세대가 유명을 달리하거나 일선에서 물러난 뒤에도 그 명성이 바래지 않아 전 세계에서 공연 요청이 줄을 이었다.

하바나 여행 중, 막 해외 공연에서 돌아온 그들이 쉴 틈도 없이 저녁 공연 준비를 하던 호텔 나시오날의 리허설룸에서 그들을 만나 기념 촬영을 했다. 서울에서 당신들의 공연을 보러 왔다고 하자 환호성을 질렀다.

그날 밤 나시오날의 무대에서 들은 그들의 노래와 연주에서는 뭐라 형용하기 어려운 두터운 질감 같은 것이 느껴졌다. 상실과 아픔, 사랑과 열정의 질감이었다. 반들반들하게 길들여져 나온 음악이 아닌 그냥 삶의 비탄과 환호가 노래가 된 음악이었다. 중얼중얼거리며 이리 뛰고 저리 뛰는 어린 가수들에게서는 와닿지 않는 인생의 깊이와 여유 같은 것이 느껴졌다. 그러고 보면 노래란 지난 삶에서 흘렸던 온갖 눈물의 기억과 열정, 그리고 사랑의 기쁨과 상실 같은 것들을 풀어내는 일일 뿐이라는 생각이 든다.

부에나 비스타 소셜 클럽. 쿠바에 가면 다시 그들이 들려주는 인생과 사랑의 노래에 귀 기울이고 싶다.

夕陽이 아름다운 마을

밤의 카리브

가끔은 네온등의 차갑고 창백한 불빛이 아닌 어스름한 달빛 속을 걸어보고 싶다. 엄청난 양의 조명을 토해내는 도시의 밤은 사실 밤이 아니다. 밤의 밤다운 맛은 달빛에 있거늘, 도시의 밤은 달빛을 허용하지 않기 때문이다. 세상에서 달빛이 가장 아름다운 곳은 어디일까. 아마도 쿠바가 아닐까.

불빛이 가난한 쿠바에 가면 잃어버린 밤의 느낌을 맛볼 수 있다. 걷다 보면 바닷바람이 몸을 부드럽게 어루만지는 것 같고, 고개를 들어 하늘을 보면 거기서 툭툭 떨어져 내릴 듯한 별의 무리를 보게 된다. 밤의 바다 위에 내려앉은 별빛들은 부에나 비스타 소셜 클럽의 노랫말처럼 향기롭게 흔들리는 수만 개 치자 꽃송이가 된다.

실제로 밤의 카리브해를 대하고 있노라면 어둠 속에서 조용히 다가오는 향기 같은 것을 느끼게 된다. 어디 바다뿐이랴. 땅에도 하늘에도 바람에도 향기가 섞여 있다. 〈시편〉을 보면 다윗이 쫓기는 절박한 상황 속에서도 홀로 밤하늘을 보며 탄성을 지르는 장면이 나온다. 차가운 밤하늘에 얼음 알갱이처럼 박힌 별들을 보며 그는 자신의 처지를 잊은 채 창조주의 솜씨를 찬양했다. 낮 동안에는 보거나 느낄 수 없었던 그분의 또 다른 손길을 그는 밤과 새벽에 경이롭게 체험했던 듯하다. 사하라에서 밤을 보낼 때 잊고 있던 은하수며 와르르 쏟아질 듯한 별 무리에 가슴이 두근댔던 기억이 아직도 선명하다.

어둠에 잠긴 모든 풍경은 정겹고 푸근하다. 특히 달빛을 받은 풍경은 거룩하기까지 하다. 그러나 이제는 그런 달밤의 추억을 여간해서는 맛보기 어렵다. 밤을 몰아내버린 도시에는 평안과 안식이 없다. 대신 광기와 죄성이 출렁이고 있을 뿐이다.

창조주는 하루를 밤과 낮, 노동과 휴식으로 나누셨는데, 인간은

그분이 만드신 밤을 지워버렸다. 잃어버린 밤을 찾고 싶다. 카리브 해의 그 밤, 원색의 야생화가 달빛에 수줍게 모습을 드러내던 신비한 그곳에 다시 가고 싶다.

붓과 색의 행로, 카리브에서 북아프리카까지

알제리, 튀니지, 모로코와 몰타를 잇는 북아프리카에 다녀왔다. 오래전 지중해 연안의 이란과 시리아, 요르단과 이집트를 지나면서 바람결에 묻어오는 북아프리카의 체취를 살짝 느끼긴 했지만 이번처럼 내륙 깊숙이 들어가 머물다 오기는 처음이다.

북아프리카는 아프리카 문화와 유럽 문화, 특히 프랑스 문화가 많이 겹쳐지는 곳이다. 쿠바를 비롯한 카리브해 연안의 문화가 유럽, 특히 스페인 문화와 겹쳐지는 점과 비교할 때 흥미롭다. 두 지역 다 역사를 되짚어보면 식민과 굴종의 우울한 밑그림이 드러나지만, 여행자의 피상적 눈길로만 짚어보면 도처에 평화투성이의 흐드러진 낙천성으로만 다가올 뿐이다.

예를 들면, 세계 5대 쇼로 꼽히는 트로피카나를 아바나의 한 노천극장에서 관람하면서 나는 역사의 비애마저 환희로 녹여버리는 뮬라토 여인네들의 현란한 몸짓을 보았다. 쿠바와 아르헨티나, 멕시코와 칠레, 브라질과 페루를 돌면서 이런 몸짓들과 수도 없이 부딪쳤는데 이번 북아프리카 여행에서도 그런 체험은 간단間斷 없이 이어졌다. 내 붓길을 잡아 끄는 것은 이처럼 하나의 고유한 문화가 다른 문화와 겹쳐지면서 일으키는 파장의 부분이다. 그 파장을 일으키는 제삼의 영역에는 예외 없이 신비하고 독특한 색채의 아름다움과 역동성이 있다. 풍경이 현란하면 붓도 현란해진다. 풍경이 황홀해지면 붓도 덩달아 황홀해진다.

카리브해 연안을 돌 때도 그랬지만, 이번에 내가 만난 풍경들 중에는 유난히 색채 본능을 자극하는 곳들이 많았다. 유럽 화가들이 가장 화폭에 담고 싶어 한다는 튀니지안 블루의 시디 부 사이드를 비롯해 와르르 쏟아질 듯한 사하라의 별 밤, 폐허의 아름다움을 보여주는 장려한 낙조 속의 로마 유적지 엘 젬과 하얀 모스크들, 그리고

무엇보다 히잡 아래 드러나는 여인들의 고혹적인 모습, 붉은색과
초록색이 그토록 강렬하고 아름다울 수 있음을 나는 그곳에서 알았
다. 창조된 첫 모습이 그러했을 것 같은 원색의 수많은 나무와 꽃들
이 뿜어내는 영기는 나를 취하게 했다.

이제 여행은 끝났다.

그러나 아직도 그 황홀한 풍경들은 눈앞에 잔상으로 남아 간단 없이 떠오른다. 그 떠오르는 풍경들을 화폭에 담아내는 바로 그 지점으로 부터 내 마음의 여행은 다시 시작되는 셈이다.

우울한 날이면 남미로 가자

우울한 날이면 멕시코, 브라질, 쿠바, 페루, 아르헨티나로 가볼 일이다. 햇빛은 투명한 기름처럼 자글자글 끓어오르고, 크레파스를 함부로 문질러놓은 듯한 푸르고 붉고 노란 단층집들과 총천연색의 낡은 자동차들이 굴러다니는 거리. 바다에는 색색 옷을 차려입은 여인들의 풍만한 몸매들이 넘실댄다. 아바나, 부에노스아이레스, 멕시코시티. 이 열정과 낭만의 도시들에는 색채가 일용할 양식이다.

금욕적인 수묵화 동네에서 온 나 같은 사람은 그 현란한 색채들 앞에서 주눅이 들 지경이다. 미술관의 명화들 앞에서 주눅 드는 것이 아니라 거리에 넘치는, 그 거리낌 없이 내지르는 색채들 앞에 기가 죽는 것이다. 대지를 하얗게 표백시킬 듯한 강렬한 햇빛 속에서

236

MEXICOLITY '74

초록색 달과 붉은색 지붕과 하얀색 벽들은 숫제 색채의 덩어리가 되어 날아다닌다. 보색 대비? 그런 거 없다. 사방에서 덤벼드는 이 원색의 야만 앞에 잿빛 우울 따위는 들어설 틈이 없다.

원래 바다가 있고 따뜻한 곳일수록 색이 발달하고 사람들의 기질 또한 낙천적인 경우가 많다. 그러나 남미는 해도 너무한다 싶을 정도다. 경제지표는 엎드려 있지만 거리에는 춤과 음악이 있고, 사람들의 표정 또한 밝기만 하다. "내일 일은 난 몰라요. 그러나 오늘만은 기쁘고 즐거워야 해요. 그것이 내게 오늘을 선물로 주신 신의 뜻이니까요"라고 말하는 것 같다. 불타는 태양 아래서뿐만 아니라 어둠이 내려앉고 가로등이 켜지는 시간에도 누구랄 것 없이 일어서서 얼싸안고 탱고를 추는 사람들. 그 모습을 보고 있노라면 춤이 육체로 쓰는 가장 아름다운 시라는 말에 고개를 끄덕이게 된다. 삶은 한바탕의 춤판이라는 생각도.

우울한 날이면 남미로 가자. 하던 일 밀치고. 가방을 꾸리자.

대초원 팜파를 달리는 기차

인간의 탐욕이 줄기차게 자연을 망가뜨리고 그 위에 깃든 생명을 훼손시키고 있음에도 불구하고 땅은 아직 너그럽다. 인간이라는 이름의 생태계 깡패에게 변함없이 열매와 뿌리를 나누어준다. 물길을 열어주고 나무 그늘을 내준다. 짙은 녹음으로 지친 심신을 달래주며, 봄이면 들에 산에 꽃을 피워 마음까지 화사하게 해준다.

끝없이 자연을 유린하고 그 앞에 무례하면서도 우리는 자연의 사랑과 혜택을 누리고 있다. 수년 전 이란, 시리아, 요르단 등지를 여행하면서, 그리고 이번에 다시 사하라 일대를 여행하면서 머릿속에서 뱅뱅 도는 생각은 우리가 참 자연의 축복을 많이 받고 사는 백성이라는 점이었다. 끝없이 펼쳐지는 황량한 광야의 거친 바람과 그

바람 속에 둥둥 떠다니는 건초들을 보면서 내 나라의 푸른 산과 강
이 얼마나 그리웠는지 모른다.

노령에 접어든 지구는 지금 중병을 앓고 있다. 루소의 지적처럼 우리는 온갖 문명의 가래침을 자연에 뱉어대며 그 신음을 나 몰라라 하고 있다. 지구가 앓고 있고 서서히 죽어간다는 소식 따위는 안중에도 없이 국가간의 끝없는 경쟁과 전쟁의 소문만이 무성하다. 그래도 다행인 것은 아직도 지구에 열대우림이 남아 있고 끝없는 대초원이 있다는 것이다.

특히 브라질의 대초원 팜파는 지구의 허파이고 숨길이다. 일망무제의 보랏빛 자운영 밭을 달리는 기차의 풍경은 보는 이에게 주체하기 어려운 행복감을 준다. 그 보랏빛이 햇빛에 섞이며 내뿜는 빛이라니. 아마존 물길을 거슬러 올라가 전깃불도 들어오지 않는 로지에서 어두운 밤하늘에 얼음 조각들처럼 박힌 별들을 보며 가슴 설레던 추억. 끝없이 펼쳐진 대초원 팜파를 걸었던 시간들. 언제 다시 그곳에 가서 운동화를 신고 부드러운 풀밭을 하염없이 걸을 수 있을까. 자운영 밭의 보랏빛이 내게 손짓한다. 한 번 더 올 수 없겠느냐고.

탱고 포에버

탱고는 육체로 쓰는 시라고 한다. 한 공간상에서 남녀의 육체가 만나고 흩어지며 그 눈빛과 동작만으로 많은 사연을 전해주기 때문.

음악의 선율과 함께 여인의 아슬아슬하게 갈라진 치마와 남성의 기름이 자르르 흐르는 듯한 양복 속에서 절제된 몸의 언어가 표출된다.

아르헨티나에는 유서 깊은 탱고 전용 극장이 많다. 특히 미켈란젤로 탱고 극장은 이름이 높은데, 〈탱고 포에버〉는 이 극장의 고전 레퍼토리 가운데 하나다. 언젠가 늦은 밤 이 공연을 보면서 탱고의 아름다움에 흠뻑 취해 들었던 적이 있다. 한때 불온한 춤이라 하여 로마 교황청이 나서서 유럽 상륙을 금지시키기까지 했다고 전해지

는 이 춤은, 그러나 그 근원을 거슬러가면 뜻밖에도 고달픈 이민자의 애환이 있다.

애달프고 잔잔하며 격정적인 그 춤은 몸의 서사시다. 생명과 사랑의 날갯짓이다. 오직 인간만이 지어낼 수 있는 지고의 몸짓이다. 한때 나는 정신은 지고하며 육체는 저열하다는 식의 종교적 이분법에 경도된 적이 있었다. 육체의 욕망을 억제하고 가두어놓을수록 천국은 가까이 있다는 식의. 그러나 아르헨티나 탱고 극장에서 본 축제는 새처럼 가벼워 보였고, 정신과 영혼의 날갯짓인 양 화사했다. 몸이 무거우면 정신도 무거울 수 있다. 육체가 영혼이 되는 순간을 탱고 속에서 경험해보라. 그것들이 둘이 아니라 하나가 되는 순간을.

음악이 약이다

음악이 약이다. 쿠바는 가난하다. 자연은 아름답고 기후 또한 좋지만, 물질적으로는 궁핍하다. 가난하다 보니 가계도 부족한데, 특히 생필품과 의약품이 많이 부족하다. 병원 또한 태부족이다. 아바나 같은 대도시에서도 약국이나 병원 간판을 보기가 쉽지 않다. 부족한 것투성이다. 그래도 음악은 넘쳐난다. 식당이건 카페건 춤추고 노래하는 이들을 쉽게 볼 수 있다. 온갖 종류의 결여와 궁핍의 허기를 음악이 채워주는 느낌이다. 그래서 축제의 날에나 노래 부르고 춤춘다는 통념은 오히려 쿠바에서는 정반대로 보인다. 춤출 수 없고 노래할 수 없기 때문에 오히려 춤추고 노래하는 것이다.

쿠바에서는 음악이 약이다. 약국과 병원이 적은 대신 음악이 있어서 쿠바인의 건강지수는 높다. 음악이 일용할 양식이자 의약품인 것이다. 자본주의의 드높은 파고 속에서 배고픔도 아픔도 음악으로 채우고 치유하는 것. 이리 채이고 저리 밀리는 과도한 속도와 경쟁에 지친 사람일수록 쿠바로 갈 일이다. 가서 한 수 배워 올 일이다. 힘든 날들일수록 어떻게 노래하고 춤추는지를. 음악이 어떻게 일용할 양식이 되고 심지어 약이 되는지를. 그리하여 우리도 힘든 날 어떻게 노래하고 춤출 수 있는지를.

강江의 전설

섬진강은 남원의 요천과 곡성, 압록, 구례, 하동을 이으며 흘러가는 남도의 장강長江이다. 남도의 굽이굽이마다 그곳 사람들의 삶의 내력을 함께 싣고 흐르는 정한情恨의 강이다. 곡성과 남원은 십이삼 킬로미터를 격하여 전남과 전북으로 나뉘고, 구례와 하동은 화개장을 격하여 또 전남과 경남으로 나뉜다. 이 도계道界는 땅의 사정이고, 강이야 아랑곳없이 흘러가서 영호남 옥토의 젖줄이 된다.

섬진강 하면 나는 곡성군 동산리 마을의 뱃사공 오지 할아버지(오지리라는 지명이 택호가 된 데서 연유했다고 들었다. 할아버지는 1960년대 중반에 돌아가셨다)와 은어잡이의 명수 일택 형님(일택 형님은 1970년대 초 사십 대 나이로 타계하셨다)이 생각난다. 내가 남원 송동에서 태어나자마자 옮겨 갔다는 동산리를 떠나 다시 남원으로 온 것은 여섯 살 무렵이었다. 이 어른들은 내가 대학생이 되기 전에 작고하셨지만 동산리 하면 이분들이 먼저 떠오르곤 한다.

오지 할아버지는 장년까지 역사力士로 불릴 만큼, 인근 씨름판에서 당할 자가 없었다 한다. 오지 할아버지를 생각하면 헤밍웨이의 《노인과 바다》가 떠오르기도 한다. 할아버지는 칠십이 넘어서까지 사공일을 보았다. 새벽이건 밤이건 강 건너에서 "사고오옹……" 하고 부르면 얼른 옷을 꿰어 입고 "나가네에……" 하며 고함을 지르고 배로 내려가시는 것이었다. 선주船主는 학동鶴洞 아재셨는데, 이 어른 또한 도량 넓은 군자로 오지 할아버지가 신경 쓰일까 봐 평생 배 근처에는 얼씬하지 않으셨다. 학동 아재는 끝까지 고향을 지키다가 근년에 타계하셨는데, 아들 교육도 잘 시키셔서 모두 그 어렵다는 경기중학을 보냈다.

동산리에서 남원장까지 걸어간 마을 사람들이 저문 장터에서 막걸리에 국수를 한 그릇씩 말아 먹고 조기 꼬랭이라도 하나 사서 들

고 이 얘기 저 얘기 하며 걷다 보면 송동주막에 닿게 되고, 주막에
서 한 잔 걸치고 나오면 어느새 어둑해져서 다시 세전주막에 당도
할 때쯤은 숫제 한밤중. 그리고 세전주막에서 한 잔 더 걸치고 동산
리 강변에 이르면 밤이 교교해져버리는 것이었다. 그나마 달이라
도 휘영청 있으면 모르거니와 그믐밤이라도 되면 난감하기 이를 데

없다. 그래도 강가에서 노숙할 수는 없는 고로 "사고오옹……" 하고 목을 빼어 부르면 영락없이 오지 할아버지의 "나가네에……" 하는 소리와 함께 어둠 속에서 삐거덕거리며 강을 저어 오는 노 소리가 들려온다. 어쩌면 오지 할아버지의 배 인심을 믿고 장꾼들은 밤까지 질펀하게 한 잔 마실 수 있었을 것이다.

 오지 할아버지는 장꾼들을 태우고 수인사를 나눈 후 시름 없이 흥얼거리며 배를 저었다. 오지 할아버지에게는 동네에서 연초에 조나 보리 한두 가마니가 뱃삯으로 전해졌다. 타 동네 사람들은 배를 탈 때마다 그때그때 뱃삯으로 몇 닢씩 선개先介를 받았다. 얼마 안 되는 그것으로 오지 할아버지는 평생을 홀로 사시다가 가셨다. 그분은 더 잘살겠다거나 돈을 모은다거나 하는 생각 따위 애초에 없이 그렇게 배를 저으며 마음 넉넉하게 살다 가셨다. 오지 할아버지에게 다행인 것은 동산리 아래 신리 쪽으로 섬진강 위에 콘크리트 다리가 놓이고 배도 사공도 필요 없어지기 전, 뱃사공으로 사시다가 눈을 감으셨다는 점이다.

섬진강과 삶을 함께한 또 한 분은 내 유년의 기억에 아직도 선명히 남아 있는 일택 형님이다. 일택 형님은 내 가형家兄 병수 형님보다 훨씬 연장이셨지만, 늘 병수 형님을 끔찍이 좋아하셨다. 언젠가 병수 형님과 그곳을 다시 찾았을 때 일택 형님은 우리더러 잠시 기다리라 해놓고는 강으로 나가 파닥파닥 뛰는 은어를 냄비에 하나 가득 잡아 내왔다. 흙덩이 잔디 묶음에 된장을 발라 강기슭에 몇 개씩 던져놓았다가 달라붙어 있는 고기를 가져왔다고 했다. 퍼덕대는 은어를 입에 담아 넣던 그 구릿빛 얼굴도 이미 이 세상에는 없다. 오염이니 디스토마니 하는 상스럽지 못한 말이 나온 것은 일택 형님 사후의 일이니 평생 섬진강 은어와 더불어 사셨던 일택 형님에게는 이 또한 다행스러운 일이 아닐 수 없다.

간혹 섬진강이 그리워져 혼자 내려와 차를 몰아가다 보면 문득 "사고오옹……" 하고 부르는 소리와 "나가네에……" 하고 대답하는 오지 할아버지나 일택 형님 얼굴이 수면에 어른거린다.

금강을 목놓아 부르게 하라

금강산을 뒤로 두고 떠나야 할 시간이 왔다. 화구를 챙기는데 붓이 울고 있었다. 내 귀엔 그렇게 들렸다. 불현듯 만물상을, 옥류동을 다시 보고 다시 그리고 싶었다. 한번 그런 생각이 들자 피부에 불이 붙듯 그 감정은 절실해졌다. 예기치 못한 일이었다. 평생 그리던 여인을 만나자마자 다시 헤어져야 하는 것처럼 나는 안절부절못했다. 묶으려던 붓을 다시 풀자 그것은 싱싱한 성욕처럼 일어서서 부르르 떨었다.

금강호의 창밖은 이미 밤이었다. 바다 건너로 장전항의 불빛이, 희미하게 멀어지는 산의 허리 능선이 보일 뿐이었다. 나는 철조망을 뜯는 맹수처럼 선실만 빙빙 돌았다. 그러다 갑판 위로 나왔다.

하늘에서 눈송이가 흩뿌리기 시작했다. 어둠 속에서 북녘 갈매기가 한 마리 쫓아오고 있었다.

'이렇게 가는 것이 아닌데……. 종이에 먹 몇 번 묻히고 이렇게 떠날 수는 없어. 마음껏 풀어헤치고 싶어. 그리고 싶다. 간절히 그리고 싶다. 나로 하여금 마음껏 그리게 해다오.'

밤바다를 향해 나는 속으로 그렇게 부르짖었다. 그러나 이젠 저 물을 건널 수 없다. 올 때도 밤에 왔듯이 이렇게 밤에 떠나야 하는 것이다. 저 밤바다를 헤엄쳐 간다면 어둠 속에서 총알이라도 날아와 내 등에 박힐지도 모른다. 그만 돌아가자. 억지로 붓을 챙겨놓았다. 그러고는 욕실에 들어와 수돗물을 있는 대로 틀어놓았다. 후련했다. 그리고 쓸쓸했다. 그렇게 벼르고 벼르던 금강산을 처삼촌 묘 벌초하듯, 춘향이 속치마 들춰보듯 건성건성 둘러보고 휑하니 떠나야 한다니.

그러다가 자신을 나무라기도 했다. 생명도 없는 바윗덩어리와 물과 바람과의 헤어짐에 이토록 애달파해서 될 말인가 하고. 누구는 오십 년 만에 찾아와 피붙이를 지척에 두고서도 돌아서야 하는 판에 웬 호사인가 하고. 그러나 아무리 그렇더라도, 금강은 먼저 그림인 것을. 금강은 그저 산인 것을. 자연인 것을. 정치도 경제도 아닌 먼저 그림으로 만나져야 되는 산인 것을. 내 애통의 까닭이다.

금강산에 가더라도, '아', '오' 따위 판박이 감탄사는 남발하지 않으리라 그렇게 생각하며 배를 탔다. 그런데 금강산에 와서 나는 예기치 않은 일을 체험했다. 그것이 산이 아닌 거대한 불덩이로 다가오는 것이었다. 그러더니 그 불이 붓질에 댕겨졌다. 붓은 산과 교감하고 바위에 접신하며 춤추기 시작했다. 삭풍이 뺨을 때리는데도 붓질을 멈추기가 어려웠다. 삼선암에서만 내리 열 장을 그려댔을 때에야 겨우 해갈이 됐다. 나 같은 삼류를 이렇게 휘몰아갔으니 정선과 김홍도와 최북 같은 명장들에 이르러서야 오죽했겠는가. 그들이 금강에 취했음은 그 붓끝의 신명이 보여주고도 남는다.

금강산은 역시 무엇보다 그림이다. 산은 때로 장엄하다가 때로 요염했다. 때로 부드럽다가 때로 매몰찼다. 그 금강은 역사상 언제

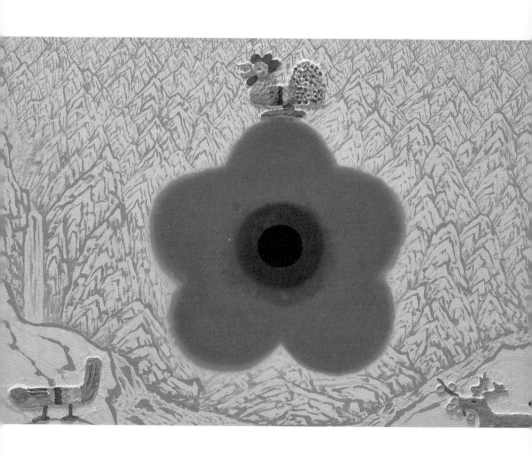

256

나 민족 정기의 발원처였다. 민족의 힘이 쇠진할 때 화가들은 금강에 모여들었고, 시인 묵객들은 금강송을 불렀다. 그곳에서 그들은 검이 아닌 먹 갈고 붓 들어 겨레의 힘 모을 지혜를 구했다.

이제 그 금강에 다시 모이게 하라. 글쟁이 환쟁이 풍각쟁이들이 먼저 모여 문화와 문예의 중흥을 일으키게 하라. 정치도 경제도 우선 물렀거라. 문화와 예술이 먼저 목놓아 부르게 하라. 맺힌 한을 먼저 예로써 풀게 하라. 통일은 그다음이다.

강의 동쪽, 또 다른 고향

지인 몇이서 몇 해 전 여름에 영국의 코츠월드를 다녀왔다. 나도 칠팔 년 전에 다녀온 코스였기에 바이버리, 버튼 온 더 워터, 그리고 스몰 토크 티룸 같은 곳의 얘기를 들을 때면 영상처럼 눈앞에 그 모습들이 펼쳐지는 느낌이었다. 야트막한 돌담길들과 그 돌담을 감아 돌며 흐르는 물 위로 떠가는 오리들이며, 일렁이는 풀밭과 점점이 찍힌 하얀 양 떼의 모습, 파란 하늘에 둥둥 떠가는 구름. 이 같은 자연 그대로의 모습이 코츠월드의 자산이다. 이름난 건축물 하나 없는 전원 풍경 속으로 전 세계에서 많은 사람이 찾아들고 있다. 어쩌면 속도에 중독되고 과다 경쟁에 지친 사람들이 몸과 마음의 안식을 찾아다니다가 시간이 정지한 듯한 그곳으로들 몰려오는 것이 아닐까 싶다.

그런데 코츠월드 하면 떠오르는 비슷한 곳이 우리나라에도 있다. 바로 경남 하동이다. 물론 규모도 작고 분위기도 사뭇 다르지만, 비슷한 느낌의 그 무엇인가가 있다. 그 풍광 속에는 여유와 느림, 따뜻함과 아늑함이 함께 있어 섬진강 물길따라 돌담따라 걷다 보면 한국적 코츠월드에 와 있는 듯한 느낌이 든다. 하동은 지리산과 섬진강이라는 천혜의 자연 조건을 가지고 있으면서 그간 용케 난개발의 광풍을 비켜왔다. 순수한 자연 그대로의 모습을 거의 그대로 간직하고 있는 것이다. 전국을 휩쓴 몇 번의 개발 신드롬에도 불구하고 옛 아름다움을 그만큼 지켜냈다는 것은 결코 쉬운 일이 아니다.

하동은 특히 가을이 아름답다. 사람들은 주로 화려한 벚꽃에 취해 봄철이면 그곳으로 몰려들지만 가을의 고즈넉한 아름다움 또한 일품이다. 여름의 강한 햇볕에 익어가던 들판의 유실수들은 가을이 되면 제 빛깔을 내기 시작하면서 그 땅을 더욱 풍요롭게 해주는데, 누렇게 익어가는 평사리 들판만 봐도 마음까지 배불러 오는 느낌이다.

현대인들은 너나없이 고향 상실 증후군을 앓고 있다. 풍경은 속절없이 변하고 옛사람들은 떠나고 없다. 하지만 하동은 드물게 우리가 두고 온 고향의 모습을 원형 그대로 간직하고 있다. 풍광뿐만 아니라 인정 또한 옛 고향의 모습 그대로 따사롭기 그지없다. 나이 들면 풍경보다는 사람에게 끌린다는 말이 있다. 어쩌면 하동을 그리워하는 것도 거기에 풍경 못지않게 정겨운 사람들이 있어서가 아닐까 싶다.

그 눈 덮인 산골 오두막집

하마 그 집이 아직 거기에 있을까. 그 집의 노인 내외가 저세상으로 떠났다는 이야기를 풍편風便에 듣기는 했지만 집마저 무너지고 사라졌을까. 지리산을 바라보고 다시 한나절쯤 걸어 오르면 숨이 턱에 닿을 때쯤 보이던 골짝에 은밀하게 숨어 있던 그 집. 집 뒤로는 대숲이 이어져서 사철 대바람 소리가 잦아들지 않고, 집 앞으로는 멀리 희끗하게 굽 돌아 흐르는 물줄기가 보이던 곳. 재용 씨네 집은 시간의 흐름을 뒤로하고 언제나 그 자리 그대로였다.

재용 씨는 나의 부친 생전에 부친을 친형처럼 따르던 분이다. 재용 씨네 집은 모두 합해 두세 가구가 흩어져 사는 작은 산마을에 있었다. 학생 때 이후 한가할 때면 훌쩍 그 문간방을 찾아가 며칠씩 묵어가곤 했다. 짐은 읽고 싶은 책 몇 권과 스케치북 한 권, 그리고 차 끓이는 다구茶具가 전부다. 외아들이 도시로 떠나버리고 늙은 재용 씨 부부만 사는 그 집은 늘 외가처럼 아늑했다. 그곳에서 나는 그리고, 쓰고, 벌렁 누워 바람 소리를 듣고, 그것도 무료하면 하릴 없이 들길 산길로 걸어 나가곤 했다. 한때 좌익과 관계를 맺었던 죄로 재용 씨는 달랑 보리쌀 한 말과 소금 한 됫박만 들고 오래전 이곳으로 찾아와 손수 나무 자르고 흙담을 쳐서 그 집을 만들었다고 했다. 재용 씨에 대해 수군대고 경찰까지 의혹의 눈길을 보낼 때 내 아버지가 "재용이 간첩 아니다!"라고 단호하게 가로막아 서셨다는 얘기를 나는 생전 어머니를 통해 들었다.

재용 씨네 집은 적막하기가 산사 같다. 특히 겨울철 눈이라도 쌓이면 그나마 없는 인적이 완전히 끊겨버리고 만다. 내왕하는 사람은 텃밭 너머 송씨가 유일하다. 송씨는 목수 일을 보는 오십 대 후반의 다부지고 작달막한 중늙은이다. 저녁을 먹고 심심하면 송씨는 헛기침을 하며 재용 씨네 집 마당으로 건너왔다. 내가 재용 씨네 건

넌방에 며칠만 묵고 있어도 밤이면 자박자박 마당으로 걸어 들어오는 송씨의 기척을 알아차리게 될 정도였다. 재용 씨네 누렁이도 어둠 속에서 걸어오는 송씨를 알아보고 짖지도 않고 겨우 "끄응" 하고 윗몸을 일으키려다 그만둘 뿐이다.

송씨가 밤중에 "형님 계슈?" 하고 마당에 들어서면 재용 씨는 으레 알면서도 "거 뉘?" 하고 방문을 탁 쳐서 반겨 맞았다. 눈이라도 풀풀 나리는 밤이면 거의 밤마다 오는 송씨이지만, 재용 씨 내외는 매번 반가워했다. 매일 밤 찾아오는 것이 딴은 겸연쩍기도 하여 송씨는 말 인사로 "기무슈? 기무시면 나 갈요." 하고 전혀 그럴 뜻도 아니면서 짐짓 몸을 돌리는 시늉을 했다. 그러면 재용 씨는 "아녀. 아녀. 어서 들어오지 않고" 하며 행여 돌아갈세라 반색하고 맞았다. 이런 일이 거의 매일 밤 되풀이됐다. "허, 그새 눈을 뒤집어썼네그려. 어서 드소." 형제인들 그렇게 다정할 수가 없다.

토담을 사이에 두고 있기 때문에 두런거리는 그들의 말소리가 대강 들려왔다. 심지어 재용 씨 아주머니가 뒷방에서 홍시를 담아 내

오는 기척까지도 알게 됐다. 그들은 대개 장터에서 아무개를 만난 얘기, 누구누구네 아들이 경찰 시험에 합격했다는 얘기, 작년에 시집간 아랫마을 아무개 딸이 벌써 떡두꺼비 같은 아들을 낳아 왔더라는 이야기에서부터 심지어 아무개네 돼지가 새끼 난 얘기까지 화제에 올랐다. 언젠가 둘이서 내 얘기를 나누는 것을 듣고 혼자 빙그레 웃은 적도 있다.

"근데 성님, 번번이 저 방에 묵고 있는 저 젊은 객은 뉘요? 멀 헌답니까?"

"그림을 그려, 서울서."

"그림이라면 거 환 치는 거 아니요? 난 또⋯⋯."

실망하는 송씨의 말을 재용 씨가 가로지른다.

"환은 환이네만 이런 보통 환하고는 달러. 저 사람은 보통 재주가 아니랑께."

"아, 환 치는 거야 본래 재주 없이는 안 되는 일 아니겠소?"

여전히 심드렁.

"아니여. 저 사람은 다르네. 먹을 찍어서 슬슬 붓장난 한 번 혀도 그것이 큰돈이 된다니께."

"어따 성님도. 세상에 무신 그런 일이 다 있다요."

송씨가 웃어버리면 재용 씨는 행여 당신이 그리도 따르고 존경했던 도재 어른 자재를 폄하貶下하게 되지나 않을까 펄쩍 뛰었다.

"어허 이 사람, 사실이라니 그러네. 이러구러 보통 환쟁이가 아니라니께."

이쯤 되면 송씨도 굳이 따질 염이 아니다.

눈이 한 번씩 내리기 시작하면 그곳에는 유난히 많은 눈이 내렸다. 밤이면 설해목雪害木에 골짜기 큰 나무가 우지끈 부러질 정도였다. 그리고 사위는 적막하기 그지없어진다. 그런 밤이면 나는 멀리 유배지에 와 있는 느낌이 들었다. 눈이 걷히고 길이 트일 때까지는 꼼짝없이 그곳에 눌러앉을 수밖에 없다. 그런 내게 밤이면 재용 씨 아주머니는 꼭 홍시며 얼린 고욤 따위를 내어다 주곤 했다. 그리고 낮이면 감자며 고구마 따위를 쪄 왔다. 이런 날 나는 살진 꿩의 울음소리를 들으며 산책을 하고 밤이면 시를 읽고 차 마시며 소일했다. 영락없는 백수白手다. 따끈한 아랫목 이불을 개키지도 않고 한껏 게으름을 피운다. 도회지에서 덕지덕지 묻혀온 문명의 속악한 때를 마알간 솔바람 대바람에 씻어내면서 단 며칠만이라도 재용 씨네처럼 무욕한 산사람이 되고 싶은 것이다. 올해 같은 눈 많은 겨울이면 재용 씨네 움막의 안부가 더 궁금해진다.

아일랜드 더 헤븐

2019년 1월, 이탈리아의 해안 마을 포시타노와 아말피와 라벨로에서 머물다 왔다. 이들을 묶어 흔히들 아말피 코스트라고 부른다. 한적한 바닷가 마을에서 서재가 딸린 독채 빌라를 빌려 직접 숙식을 해결해가며 글을 쓰고 스케치를 했다. 문을 열면 발치에 바다가 펼쳐지는 곳이었는데, 아침부터 밤까지 모든 시간이 황홀, 그 자체였다. 그곳을 떠나올 때 그토록 섭섭할 수 없었다. 언제 다시 이곳에 올 수 있을까. 오직 그 생각뿐이었다.

그런데 귀국한 뒤 얼마 안 되어 우연히 대부도의 '아일랜드'라는 곳을 방문하게 됐다. 더블린을 거느린 아일랜드에서 돌아온 지 얼마 안 되어 헷갈렸다. 바닷가에 '더 헤븐'이라는 이름의 리조트가

지어지고 있었다. 그런데 나는 속으로 '어?' 싶었다. 작은 포시타노와 라벨로가 그곳에 지어지고 있었던 것이다.

물론 포시타노나 아말피의 바다와는 사뭇 달랐다. 이탈리아의 내 숙소에서 바라보던 바다는 일망무제로 확 트인 수평선의 바다였지만, 대부도 '아일랜드'의 바다는 바다라기보다는 강 같은 느낌이었다. 올망졸망한 섬들 사이로 밀물과 썰물이 들어오고 나가기를 거듭했다. 거기에 아름다운 디자인의 건축물이 들어서고 있었던 것이다. 문득, 다시 이탈리아까지 가지 않아도 되겠구나, 하는 생각이 들었다.

지금 하늘을 향해 올라가고 있는 '더 헤븐'이 얼마만큼이나 세련되고 아름답게 지어질지는 아직 모른다. 몇 개의 계절이 더 지나야 끝날지도 모른다. 부디 이 나라에서도 주거가 명작이 될 수 있다는 것을, 집이 예술이 될 수 있다는 것을 보여주는 모델이 되기를 바란다.

장터 기행

내가 어린 시절을 보낸 남쪽의 한 작은 읍내는 4일과 9일, 닷새마다 장이 섰다. 고향 장터는 옛날과는 물론 많이 달라지긴 했지만, 그래도 이효석의 〈메밀꽃 필 무렵〉에 나오는 그 장꾼들 같은 떠돌이 장꾼들이 아직도 어김없이 몰려든다. 거기에는 손으로 만든 참빗, 얼레빗부터 역시 수제품인 부채들과 몇 번씩 옻칠을 입힌 목기류, 그리고 여러 가지 약초와 무좀약이나 위장약 같은 약품류들, 고운 색실들과 장식류들, 긴 붓을 짧게 잘라 몇 개씩 연결시켜서 물감을 묻혀 그림과 글씨를 어울리게 그려내는 혁필에, 간혹은 견絹 위에 전통기법으로 그리는 초상화 장수까지 실로 다양한 물건과 장사꾼들이 등장한다. 옛날처럼 곡마단은 보기 어렵지만, 어쨌든 장터는 풍

성함과 생기로 넘쳐난다.

어렸을 때 나는 장이 열리면 저물녘까지 이 구경 저 구경 쫓아다니느라 끼니를 건너뛰기 일쑤였고, 해거름 파장한 뒤에야 집에 돌아오곤 했다. 장터를 기웃대다 운이 좋으면 이미 얼큰해진 대소가의 아저씨를 만나 국수며 찐 고기 따위를 얻어먹을 수도 있었고, 곡마단이 끝나고 난 뒷자리에서는 그리도 귀한 백동전을 몇 개씩이나 줍기도 했다. 파장 무렵이면 차일(포장) 친 국수전에서 취한 술꾼들끼리 으레 멱살을 잡고 잡히는 싸움이 일어났지만, 다음 날이면 툴툴 털어버리는 일이기에 누구 하나 심각하게 구경하는 이도 없었다. 얼큰하게 한 잔 걸친 위에 조기 한 마리 꿰어 들고 귀가하는 그 작은 읍내의 장 풍경을 나는 잊을 수 없다.

철들 무렵부터는 어렸을 적의 읍내장이 좀 더 큰 규모의 시장으로 바뀌어 순례를 계속했다. 해외의 이름난 시장들도 많이 둘러보게 되어 이란의 그랜드 바자르부터 방콕의 수산 시장과 모로코의 마라케시 미로 시장까지 이어졌다. 장터市場에서 나는 나 아닌 다른 사람들의 삶의 모습을 보고 배운다. 추운 겨울밤 칸델라 불빛 속에서 떨고 서 있는 그 얼굴들을 대하며 옷깃을 여미는 심정이 되기도 한다. 남녘의 어디에선가 정든 땅을 뒤로하고 보다 더 잘 살아보겠다고 찬밥 비벼 먹고 밤차로 온 사람들. 모질게 부지런해도 하루 세 끼 밥상이 만만치 않은 고단한 삶들. 그저 제 한 몸 부지런하게 굴리면 되리라는 희망으로 살아가는 순박한 백성들의 모습이 거기에 있다.

도회의 화려한 불빛을 쳐다보고 바라보다가 덧없이 떠밀려 옹색한 삶의 모퉁이에 박혀 사는 사람들. 삶에 대한 조그만큼의 회의나 좌절도 용납됨 없이 그곳은 늘 열기와 분망함에 싸여 있다. 생계에 대한 긴박감이 팽팽히 흐르고, 올망졸망 딸린 식솔들에 대한 숭고한 의무들이 엄숙하게 이행된다. 장터에 들어설 때마다 나는 '아아, 삶이란 절실해서 더 아름다운 것이로구나. 나도 살아봐야겠다'는 의욕이 충전된다. 몇 사람의 눈과 평가에 의해 촉각을 곤두세워 그림이 안 된다고 탄식한 일도 미안해진다.

귤 몇 봉지를 가지고 사이좋게 앉아 있다가도 손님이 기웃대면 누가 먼저랄 것도 없이 총알처럼 일어서서 자신의 물건을 앞다퉈 권유하는, 그 치열한 생존의 논리. 한결같이 춥고 절실하고, 그래서 더 진실해 보이는 모습들. 뉘라서 사는 것이 권태롭다 했는가. 삶이 무기력하고 권태롭게 느껴지는 자는 누구든 장터로 떠날 일이다.

거기서 나는 죽어도 좋았다

1판 1쇄 인쇄	2022년 9월 20일
1판 1쇄 발행	2022년 10월 10일
지은이	김병종
펴낸이	백영희
펴낸곳	(주)너와숲
주소	08501 서울시 금천구 가산디지털1로 225 에이스가산포휴 204호
전화	02-2039-9269
팩스	02-2039-9263
등록	2021년 10월 1일 제 2021-000079호
ISBN	979-11-92509-09-9 03810
정가	18,000원

ⓒ 김병종 2022

이 책을 만든 사람들

편집	허지혜
홍보	박연주
디자인	지노디자인
마케팅	배한일
제작처	예림인쇄